真っ白な闇

Death by Hanging

ものおまち

言視舎

目次

I

真っ白な闇――Death by hanging

プロローグ

都内の閑静な住宅地。

すっかり葉桜になった桜の木が周囲を囲む小さな公園に宵闇が迫る頃、これから夜遊びに出かけるのか、数人の若者が通りかかった。

そのうちの一人が尿意をもよおし、公園の公衆トイレに目を留め、連れの男たちに言った。

「ちょっと小便してくる」

「なんだよ、早くしろよ」

「うるせえなあ」


肩越しに悪態をつきながら、若者は公衆トイレに向かって行った。暗がりでトイレの入り口を半ば塞ぐように立てかけられた清掃中と書かれた看板につまずいて、若者は危うく転びそうになった。

「チッ、なんだよ清掃中って。こんな夜中に掃除なんかするか?……ほらあ、誰もいやしないじゃないか。電気だって点いてやしない」

腹立ち紛れに清掃中の立て看板を蹴飛ばし、男は文句を言いながら入り口付近のスイッチを押して電灯を点け、トイレに入っていった。そしてまもなく、

「ぎゃあ〜っ」

小用を足しに行ったはずの男がトイレから飛び出すようにして走りだしてきた。

「ひ……ひ……人、人」

「なんだよ。そんなもん、早くしまえよ」

「あ？　うん。……アッッ。痛えなあ。挟んじゃったよ」

男は、社会の窓から萎えて縮み上がった一物をはみ出させ、仲間のほうへ何か叫びながら走り寄ってきたのだった。社会の窓周辺から太腿にかけて黒いシミが拡がっている。

「どうしたんだよ」

文字通りお化けでも見たような真っ青な顔をした男が叫ぶ。

「ひ、人が、……人が、下がってる。……ぶら下がってる」

それだけ言うのが精一杯だった。

他の男が言う。

「何やってんだよ。こんな夜中に、トイレでいちゃついてる奴でもいたのか？」

「ち、違う。人……人。首吊り」

連れの男たちも初めて状況を理解した。

「何だって？　人が死んでんのか？　確かか？」

男はものすごい勢いで何回も首を縦に振った。

それまで外で待っていた若者たちが、怖いもの見たさに恐る恐るトイレの入り口をくぐった。男は半べそをかきながら公衆便所へ向かう若者の集団の後を追った。そして、そこにあるものを目にした男たちは、我先に、弾かれたように転がり出てきた。

「警察！　警察！」

若者の一人が近くの公衆電話ボックスに走り、緊急通報をした。

まもなくパトカーが到着し、周囲に非常線が張られ、ほどなく、所轄署の捜査一課の刑事たちと鑑識課員も到着した。

＊

刑事の一人が鑑識作業の始まった現場で、ざっと辺りを見回すと、鑑識課員の一人を捕まえて言った。

「ねえ、あの清掃中の看板、ずっとあのまま？　事件が発覚してから出したの？」

「いいえ。鑑識作業が終わるまでは、現場のものは、一切動かしません。あの看板は事件発覚時からあのまま、あの場所にあったものです」

「うん、そうだよな。ありがとう。邪魔して悪かった。続けてくれ」

そう言い残し、刑事は遺体発見現場のトイレへ入っていった。

「第一発見者は君？」

遺体を発見した若者は、初めのパトカーより遅れて到着した刑事――先ほど鑑識課員と話した後トイレへ入っていった――に改めて事情を訊かれた。

「はい」

「その時の様子を詳しく話してくれる？」

男は刑事に伴われてパトカーの後部座席に乗せられ、まるで犯人になったような気分で事情聴取に応じた。刑事はできるだけ威圧感を与えないように低姿勢で話しかけるよう心がけた。

男のズボンの前はもう乾いてシミはほとんどなくなっていた。が、臭気は隠せない。

「小便をしようとトイレへ入っていったんです。暗かったんで入り口でスイッチを押して電気を点けました。でも中は薄暗くて。用を足し始めて少しして、後ろの個室のドアがスーッと開いた気がしたんで、用を足しながら振り返ったんです。人の気配はなかったのに、中に何かがボーッと見えて、この暗い中、電気も点けずに用を足していたのかとじっと目を凝らすと、あれがぶら下がっていたんです。一瞬わけがわからなかったけど、まもなくそれが人だとわかったんです。人がぶら下がっていた。それであわてておしっこしたまま外に飛び出して、ダチに言ったんです。そしたら、ダチが警察に連絡して……」

若者はその時の恐怖が蘇ったのか、小さく身震いをした。

刑事は頷くと、パトカーの中から先ほどの清掃中の看板を指さしながら若者に聞いた。

「あの清掃中の看板さ、覚えてる？　初めからあったの？　君たちの誰かが気を利かして置いてくれたの？」

「とんでもない。何にも触っちゃいませんよ。……そういえば、あの看板、最初からありましたね。最初、暗かったんで看板に蹴つまずいて転びそうになったから確かです。こんな時間に掃除なんかしてるはずないのに、何でかなって。邪魔だなって思いながら蹴飛ばしてトイレに入りましたから」

　刑事は何かを考えるように、遠くを見るような目をして一瞬間を置き、また質問をした。

「君たちの他に誰か人影見なかった？　誰かいなかった？」

「誰も……。僕らだけでした」

「あ、そう。わかった。どうもありがとう。それから、申し訳ないが、これから署までご足労願って、今してくれた話をそこの刑事にもう一度話してやってくれるかな？　何しろ調書にしないといけないもんでね。ありがとう、面倒かけるね。……あ、そうそう仲間の人たちも一応全員連絡先教えていってね。何か協力をお願いしなくちゃならないことができるかもしれないから。悪いね。ご協力感謝します」

　その刑事は、パトカーを出て、傍にいたもう一人の少し年若の刑事を呼ぶと、何やら耳打ちしてその場を離れた。

＊

男は公園の公衆トイレの個室で首を吊った姿勢で発見された。

「主任、自殺ですかね」

「さあな、まだ、わからん」

「だって、首吊りでしょ？」

主任と呼ばれた男は先刻発見者に事情聴取をした刑事だった。葛飾署所轄の捜査一課一係主任の岡嶋といった。

「解剖の結果を見なきゃわからん。それに、お前よ。自分で自殺するとして、こんな臭っせーところで、一生を終えたいと思うか？　あとは清掃中の看板。もちろん清掃は行なわれていない。あれは、不用意に人が近づかないようにするための小細工だ。死体の発見を遅らそうとしたんだろう。自殺する人ってのは、土壇場まで止めて欲しいと思う人が多いんだそうだ。それに、よしんば、早く死にたいと思ってたとしても、死んだ後は、よっぽどの事情がなければ、遺体は早く発見して欲しいと思うもんらしいよ。わざわざ発見を遅らせるような細工は本人ならしねえだろうな。もう一つ、仏さんは身元を示すようなものを何一つ所持していなかった」

「ということは自殺じゃないってことですか？　主任は他殺だとお考えなのですか？」

「結論を急ぐな。青木ケ原の樹海なんかに入って自殺する人はわざと遺体が発見されないようにするとか、発見されても身元がわからないように身分証なんか処理してから入る人もいるしな。人それぞれ事情にもよるさ。ただ、この一件を仮に自殺だと考えると、腑に落ちないことが多々あるってことだ。ま、解剖の結果を待ってからだ。それまでは予断は禁物だ」

＊

二か月前。

文談社の雑誌『週刊現在』の記者高木惣一郎は、雑誌編集部のデスクで新藤洋子と名乗る女性からの電話を受けた。

「高木さん？」

くだけた感じの物言いだった。つられて高木も行儀の悪い受け答えになった。

「ああ、そうだけど？」

「ＯＤＡ絡みの政治家の汚職、追ってるわよね？」

「どうかな」

「まあ、いいわ。そのことに関していいネタ持ってるんだけど、ちょっとお尻に火がつきそうなのよね。厄介事、半分引き受ける気ない？　もちろん、報酬はあるわよ、大スクープっていう」

高木は少し考えてから送話口に向かって言った。

「それで？　君の持ってる情報の確かさは？」

「そこ宛に私の持ってるネタの元の資料を少しだけ送る。私の身元が信用できなければ、第一興殖銀行大手町支店に電話して新藤洋子って呼び出してもらって。私が出るから。で、後は自分でよく考えてちょうだい。あまり時間がないから、乗り気じゃないなら他をあたる。また電話するから」

電話は切れた。

自分の追っている記事の内容をどうして彼女が知っているのだろう?

いいネタとは言っていたが、それは本当に価値のあるものなのか?

さまざまな疑問が浮かんだが、送られてくる資料を見ないことには如何ともしがたい。

高木は考えるのをやめた。

一

そこはまさに最果ての地だった。

上野発、東北本線の寝台特急「ゆうづる」から、終点の青森駅のホームに降り立つと、明けきらない北国の冬の空は暗い灰色に閉ざされ、海は鉛色に深く沈んでいた。

たった今自分が降りた濃紺の車体を載せた線路は、松木杏子の足元からさらに北の方角へ短く延びた後、突然消失するプラットフォームの少しだけ向こう、跨線橋を越えた先まで続き、そのまま鉛色の海に向かってすっと消えていた。

その先に陸地はもうない。

*

海峡を越えたかつての旅人は、ここからさらに、青森で下車する大方の旅客とは反対方向の北へ——まるで海へ向かうように——ホームを進み、その端にある数列のホームを横切る長い跨線橋を渡って、ひなびた連絡船乗り場へと向かった。

連絡船乗り場に着くと、人々は、長い間に何十万、何百万という人間が触れたために角がすり減り、表面が手垢で艶々と黒光りして木目の浮き出た記入台に向かい、台上に置かれたガラス板の上で、万が一の災害時のためであることをできるだけ意識しないようにしながら、連絡船の乗船名簿に氏名を記入する。埃っぽい、機械油と澱んだ潮の生臭い匂いの混じった、一種独特の郷愁を誘う空気の中で乗船案内を待った。

粉雪混じりの海風の吹き付ける荒涼とした冬の波頭を遥か越えた先は北海道である。冬場には雪催いの天候のため、その島影はおろか、手前の陸奥湾の外縁さえも判然としない日が多い。

かつての杏子がそこから実際に連絡船で海峡を越えたのは、小学校の修学旅行の時一度だけだったにもかかわらず、杏子にはその連絡船待合室を何度も訪れた記憶がある。

連絡船待合室での思い出は、祖父と共に、北海道の出稼ぎ先から年に一、二度帰省する母を迎えに行った時のものだ。

待合室の、広い、埃染みた木枠の窓からは、やや遠くに突堤の先端で明滅する灯りと、そのさらに沖合に横たわる防波堤の両端で点滅する赤い灯、その先の漆黒の海が見え、そして手前に目を転じると、桟橋に点々と点る電灯、さらに反対側へ視線を巡らせると、岸壁に沿った薄暗い明かりが見えた。歪んだガラスを通してみる桟橋の灯はゆらゆらと揺れ、まるで蝋燭の灯りが連なっているように見えた。

夕刻を過ぎた北へ渡る最終便の出た後の連絡船待合室には、明朝一番の船に乗るためそこで夜を明かす僅かの乗船客と、函館からの最終便到着を待つ出迎えの人が数人いるだけで、昼間と違って人影が少ない。それでなくとも寂しい待合室がよけい侘びしく、杏子は久しぶりに迎える母との再会を思う期待と戸惑いとが相まって、何か胸騒ぎのようなものを覚えながら祖父と二人、船の到着を待った。


事情は知らなかったが、杏子には父親がなく、母は海を隔てた函館の温泉街で住み込みの仲居として働き、杏子は幼い頃から祖父母に育てられた。

もはや戦後ではない、と言われた昭和三十年代、世の中は景気の上昇を喧伝していたが、それでも、特に資格を持たない女が収入を得るためには、旅館の住み込みの女中というのが手っ取り早かったのだろう。国民の間にも温泉旅行などのレジャーを楽しむ余裕ができ始めた頃だ。温泉地からたまに帰る母は、帰省のたび、何がしかの土産を携えていた。

母を待つ間の不安と期待の入り混じったドキドキする感じは、久しぶりに母親に会える期待だったのか、それともうらぶれた連絡船待合室の独特な雰囲気のためだったのか、今では判然としない。恐らくそれら全てが入り混じった感覚だったのだろう。そしてそのような再会の記憶も、あまり回数を経ずして杏子から消えていった。


杏子の祖父母の家は津軽地方の西北に位置する農村にあった。

遠く地平線の彼方まで稲田が続く平野に民家が点在するこの辺りは、冬場には強い季節風が吹き、地元で地吹雪といわれる一寸先も見えないほどの吹雪に見舞われる。一旦吹雪き始めると、辺り一面は視界が遮られ、さながら極地のブリザードのような真っ白な闇に覆われる。当時の、舗装ではない踏み固めただけの土の道は、雪の水分を含んでぬかるんで凍る。凍る前の泥道につけられた人間の履くゴム長の足跡や、馬の蹄鉄、リヤカーのタイヤ、馬橇の進んだ軌跡の平らな溝など、凍てつく吹雪のもと、全てのものがそのまま凍りつき、地面に凹凸の模様を刻み、さらにその上に雪が吹き溜まり、凸部が黒、凹部が白の、線と円から成るモノクロの幾何学模様を作りだす。

冬期間の厳しい風雪から家屋を守るために、津軽地方では「かっちょ」と呼ばれる、木切れや板切れを荒縄で縛って背の高い塀のようにしたもので家の周りを囲う。「かっちょ」に接する道端には、回り込む風の向きによって、ところどころに深い雪の吹き溜まりができ、人も馬も通行に難儀したものだ。たまに訪れる穏やかな日には、雪に覆われた田圃が遥か地平線で灰色の空と境を接するまで続き、ところどころに、壁や窓に凍りついた雪のために色を失った家や、防風のために植えられた木々が点在する「灰色がかった白」の世界が拡がる。

青森市出身の夭逝の写真家小島一郎は、この素晴らしい造形美を、見事なモノクロの写真に残している。ミレーの「晩鐘」や「落ち穂拾い」を彷彿とさせる彼の作品は、津軽の寒村に生きる人々の魂を見事に写し取っている。杏子は戦後の復興期、よく雑誌のグラビアを飾ったこの写真家の写真が好きだった。杏子の暮らす世界そのものであり、杏子にとって彼は、自分たちに代わって津軽の過酷だが豊かな自然の営みを語る代弁者であった。

杏子は、辺り全部がそういった暗いモノクロの空気に半年の間閉ざされる寒村――小島一郎の写真の世界そのもの――に育ったのだった。

いつの頃からか母は帰ってこなくなったが、それでも優しく働き者の祖父母のおかげで杏子は、貧しくはあったが、寂しい思いも、ひもじい思いもすることなく中学を終えた。

中学を終えると杏子は、祖父母の暮らしを助けるため、当たり前のように、その頃はまだ金の卵と持て囃されていた集団就職に職を求めて上京した。もちろん大した給料は望めないが、一人分食い扶持が減るだけでも、貧農の祖父母にとってはずいぶん生活が楽になるはずだと思ってのことだった。

＊

就職先は神奈川県内の大手繊維メーカーだった。就職先をそこに決めた理由は、中学校に配られる就職案内用の企業紹介パンフレットだった。それによると、その企業には従業員寮をはじめ、立派な福利厚生施設があり、学歴もコネもない杏子が故郷を離れ、不案内な土地で職と安全な住環境を得るには、うってつけに思えたからに過ぎない。

田舎から上京してすぐの頃、杏子はストッキングの生産ラインにいた。単調ではあるが気の抜けない仕事は、緊張を強いられ、時々ミスを誘った。現場責任者の叱責にさんざん耐える日々が続いたが、そんな中で、唯一優しい言葉をかけてくれたのが作業主任の工藤だった。

杏子が十八歳になった頃、工藤が声をかけてきた。

「あすの休みは何か予定あるのか？」

「別にありません。寮で洗濯でもしてます」

「じゃあ、映画でも見て、一緒に飯でもどうだ？」

杏子に異存のあるはずがなかった。

それから二週後の週末にも誘われ、三回目のデートで杏子と工藤は、男女の仲になった。当時、工藤の妻は身重で、まだ若い工藤には、欲望の捌け口が必要だったのかもしれない。

それから二年。

昼休み。社員食堂で食事を済ませた後、休憩室でぼんやりテレビを眺めていると、杏子のほうへ向かって歩いてきた工藤が、杏子の傍を通り過ぎる時、

「今夜」

と辛うじて聞き取れるくらいの低い声で言った。

杏子が集団就職で上京して、すでに五年が経とうとしていた。


私鉄沿線の、ガードに近い安アパート、その二階の部屋のドアを開けると、半畳ほどのコンクリートの三和土を含む四畳半のキッチンがあり、左手に流し台と二つ口のガスコンロ、右には、ベニヤ板に化粧合板を張り合わせたトイレのドア。正面にガラスの引き戸で仕切られた六畳の和室がある。和室の壁はシミと傷だらけで、天井には雨ジミが、お漏らしをした後の布団のように滲んでいた。

上京後しばらくは会社の寮で生活したが、杏子が工藤といい仲になると、逢瀬の利便のためにと、雀の涙ほどの給料から五年間、瓜の先に灯りを点すようにして貯めた貯金をはたいて、無理して借りた部屋だ。

最近では特に会話もなく、部屋に入るなりいきなり始まり、毎回寸分違わぬ手順で進む「事」が終わって、焦点の定まらぬ目を天井のシミに向け、湿気を帯びた布団の中で寝煙草をくわえている

男の全身には、どんよりとした倦怠感が漂っていた。その倦怠感は、男にとっては、情熱と充実感の後にやってくるどちらかというと心地よい類のものではなく、後悔と嫌悪感を伴った不快なもののようであった。

男は煙草を一本吸い終わると、居心地が悪そうに布団を抜け、そそくさと身支度をして帰宅を急ぐ。

杏子には（今度はいつ？）という言葉が言えない。口に出したとたん、何もかもなくしてしまいそうだった。


そんな生活が四年半ほど続いたある日の夜、珍しく「事」の後で寝入ってしまった工藤の隣に横たわっている時、滅多に鳴らない杏子の部屋の電話――工藤からの連絡を待つためだけに無理して引いた電話――が鳴った。

「杏子だが？」

「んだ」

普段はほとんど連絡を取ることもない親戚の者の声だった。

「爺《じ》さま死んだど」

「あ？　なして？」

「あだったらしい（脳卒中の発作を起こしたらしい）」

「いづ？」

「今朝方だ。ばっちゃ呼んでも起ぎねがったんだど。救急車呼んで病院さ運んだばって、もう、間に合わねがったんだ」

「わがった。たいしためやぐ（迷惑）かげだの。でぎるだけ早ぐ帰るはんで、よろしぐ頼むの」

「んだが。へば、待ってるはんでな。ああ、それがら、あど、誰さが知かへる人いるんだが？」

「だもいねんた（誰もいないと思う）」

「へば、気つけで帰って来いへじゃ。待ってるはんでの」

「わがった、ありがっと。へばの」


　梅雨時のジメジメした辺りの空気よりさらに湿った布団の中で、男の締まりのない寝顔を眺めているうちに、突然杏子の中で、今までの鬱屈した感情が弾けた。祖父の死にショックを受けていたせいかもしれない。

（いったい私は何をしているんだ。誰なんだこいつは。こんな男が本当に欲しかったわけではない。人肌が恋しかっただけだ）

　杏子は父を知らず、母親もほとんど家にいなかった。だから、ただ肌を接してくれる男を求めていただけのことだったのかもしれない。集団就職組の田舎者に都会の風は冷たく、十五歳の少女が一人で耐えるには厳しすぎた。杏子はそうやって大人になったのだ。

杏子は二十五歳になろうとしていた。

どうして自分には何もないのだろう。

自分は、いつもいつも、他人の持っているものを羨んで生きてきた気がする。

（もうたくさんだ）

そう思い至ると、突然、杏子は裸のまま立ち上がり、仁王像のように工藤を見下ろし、罵声でたたき起こした。

「出てって。もう二度と来ないで」

どうしてそんな言葉が吐けたのだろう。

あるいは、もう何年も前に言うべき言葉だったかもしれない。

その言葉を聞くと工藤は、杏子の剣幕に一瞬ぎょっとした顔をしたが、すぐに、むしろほっとしたような表情を浮かべ、何も言わず、手早く洋服を羽織り、部屋を出て行った。工藤も冷めきった、実りの望めない関係に閉塞感を抱いていたのかもしれない。

工藤の後ろで杏子の部屋の安っぽい合版のドアが閉まる音がすると、突然寂しさが襲ってきた。裸のまま布団にへたり込んで杏子は声を上げてしばらく泣き、泣き疲れてそのうち眠ってしまった。

翌朝、いつも通り目が覚めたが、仕事へ行くために布団を出て支度をすることはしなかった。祖父の供養のために帰郷しなくてはならないということもあったが、会社に届けを出すことはしなかった。

初めての無断欠勤。

そして、二度と出勤することはなかった。

＊

祖父の葬儀が済んだ後、男も職も失った杏子は、アパートの解約と後始末のために一旦東京へ戻り、その後再び帰省し、一年半ほど祖母と一緒に住みながら、津軽平野のほぼ中央に位置する隣の街、五所川原でスナック勤めをした。

いい年をして嫁にも行かず夜の勤めをする杏子に、保守的な田舎の人々の目は厳しく、深い沼の底に沈んだような生活にも疲れた杏子は、再び上京した。

初めはパチンコ店の住み込みの仕事に就いたが、店長の色目に嫌気がさし、そのうえ決定的だったのは、身に覚えのないことで店長の妻に泥棒猫呼ばわりされたことだった。

ある日、突然仕事場に乗り込んできた店長の妻に、わけもわからず杏子がなじられている間、店長はあたふたして、まるで浮気がバレた亭主のようになだめに回ってひたすら謝っていたが、そのことがかえって店長の妻の怒りの炎に油を注いだ。事実無根の、男の横恋慕の咎を杏子が一人負わされた形で二年ほど就いた職場を放り出された。

三度《みたび》職を失った杏子にできる仕事は、やはり水商売だけだった。

あちこちの盛り場を転々とし、毎夜毎夜酔っ払いの相手をする生活が三年ほど過ぎ、自分には、この先生きるべき人生などない、と諦めかけ、アパートへ帰るために乗った電車の振動に、疲れきった体を預けていた時、旅行雑誌の中吊り広告が目に入った。その旅雑誌は国内旅行の穴場として、函館を特集していた。

函館。

その文字を目にした杏子は、唐突に、母の辿った人生を確かめたくなった。

二

昭和六十二年三月。

杏子は上野発、東北本線の寝台特急「ゆうづる」から青森駅に降り立った。

母に繋がる唯一の記憶、青函連絡船。

昭和三十六年三月に斜坑の掘削が開始された青函トンネルは、本抗に先駆け、地質などの調査をするための先進導抗の掘削が昭和四十二年三月に開始、昭和四十六年十一月には先進導抗の後を追う本坑の起工式が催された。掘り進むに連れ、硬質な岩盤に当たって一日に数センチしか掘り進めないことや、突然多量の出水に見舞われることも多く、軟弱な地盤に当たった時には、トンネルボーリングマシーンの自重でマシーン自体が坑道の下に沈み込んで進退が窮まったりなど、さまざまな困難が出来した。だが、そのたびに、先進導抗での試行錯誤により考案されたセメントミルクの超高圧岩盤注入後掘削などの技法により克服したり、どうしても出水をコントロールできない場所はやむなく進路を変更しその場所を迂回して掘削を進めるなど、艱難辛苦の二十二年間に及ぶ激闘の末、昭和五十八年一月、ついに先進導抗は貫通した。昭和六十年三月には本抗も貫通し、あと一年もして鉄道敷設が完遂すれば青函連絡船は用済みになる、ちょうどそんな時だった。

杏子は、翌年には津軽海峡線開業に伴って廃止の決まっている青函連絡船のデッキにいた。前日の夜行列車に乗って上野を発ち、まだ明けきらない早朝の青森駅のホームに降り立ち、かつてのように、通常の、出口へ向かう大方の人々とは反対方向の、長いホームのもう一方の北の端へ向かい、そのはずれにある幅の広いかなり長い階段を上り、何本もの線路を跨ぐ跨線橋を渡って青函連絡船の待合室へ入った。

そこは、杏子がまだ子どもの頃、祖父とともに母を待った懐かしい場所であり、思い出の場所であるはずだった。表面的な内装の変更はあるものの、基本的には往年のままの構造であったが、その頃感じていた甘い期待や、なぜかわからない不安などを覚えることはもうなかった。

昔ながらに乗船名簿に記入をして乗船を待つ間、杏子は二十年以上も前に音信の途絶えた母のことを考えた。

年に数回、帰省や働きに戻るために、函館や青森の連絡船乗り場の待合室で乗船を待つ間、母は何を考えていたのだろう。

杏子が待合室に着いてから小一時間ほど経った頃、乗船開始を告げるアナウンスがあり、数少ない乗船客は粛々と列をなしてタラップを渡り、船上の人となった。

やがてタラップが外され、船体を岸壁に固定していた太い舫い綱が解かれ、錨が巻き上げられると、昔ながらの手順に従い、出発を告げる汽笛と銅鑼の音が響いた。

早朝の青函連絡船で、空も海も鉛色に沈んだ晩冬の青森を発った時の杏子の心もまた鉛色に沈んでいた。陸奥湾内を過ぎ、津軽海峡にさしかかると、一気に潮流は速くなり、波のうねりは高さを増し、鉛色だった海も紺碧の深い藍を湛えていた。

かつては津軽海峡にもイルカが群れを成し、連絡船を追って空中高く弧を描きながら船と並走する光景が、少なからず見られたものだという。今はただどこまでも藍い海原が拡がっていた。

三時間五十五分の船旅を終えて、船は函館港に入港した。

＊

函館駅前は小さなロータリーを形成し、ロータリーの右方には路面電車の停車場がある。路面電車は数系統に分かれ、明治維新で最後の戦場となった五稜郭、函館市郊外の湯の川温泉郷、夜景で有名な函館山など市の中心部と郊外の観光の要衝を結んでいる。駅前のロータリーを挟んで通りの向こうには、修学旅行生がお土産を求める定番の「棒二」デパートが見える。

同じ津軽海峡を臨む港町でも、本州側の青森と北海道側の函館では全く雰囲気が違う。言葉のアクセントも発音の訛りも、とてもよく似ているのに、鉛色に沈んだ暗い青森のイメージに対し、函館は明るく、活気に満ちている。明治維新以前から北方との交易が存在していたこの地は、豊かな海産物資源や、それらの交易が生み出す利益とによって、もともと恵まれた環境にあったが、明治維新によって長崎、神戸、横浜などと共にいち早く海外に門戸が放たれ、西洋の文物が一気に流入した。

駅前に降り立った杏子は、約四時間の船旅に加え、連絡船乗り場にまつわる暗い記憶とはかけ離れた函館駅前の喧騒に、軽い眩暈を覚えた。

気を取り直し、駅舎を背にして右手に拡がる朝市のある通りに向かった。そこには、数筋の通路に面して、新鮮な海産物や干物を、店先から通りに張り出した台の上にびっしり並べた商店が並んでいる。

中でも、真っ赤に茹で上がった毛蟹やタラバガニが所狭しと、その生前の姿を誇示するように、種類によって三ないし四対の脚を拡げて大勢で鎮座している様は圧巻である。それらの商店に挟まれるように、ところどころに採れたての海産物を供する食堂も見える。

杏子はそれらの食堂のうちの一軒の暖簾をくぐった。

熱々のご飯に烏賊、雲丹、鮪、帆立、海老の載った海鮮丼なるものを注文した。本州では考えられないほどのボリュームの新鮮な魚介の食事を堪能すると、その日の宿を探すために駅前に戻り、観光案内所を訪れた。平日のため、函館の近郊、湯の川温泉に比較的容易に宿は見つかった。観光案内所を出ると、その足で路面電車の停車場に向かい、まもなく巡って来た湯の川温泉方面へ向かう電車に乗った。

そこは、杏子の母が住み込みで働いていたと考えられる温泉街である。三十年も前の人間の足跡を辿るにしてはあまりに貧弱な記憶と情報である。

函館の奥座敷として古くから賑わっていた湯の川温泉郷は、杏子の母親がいた頃は、地方の温泉街の鄙《ひな》びた風情を残した、どこか懐かしい感じのところだったに違いないが、今の湯の川温泉は、バブルの流れに乗って、大型観光ホテルの建ち並ぶ、日本国中のどことも特定できないような温泉街に変貌していた。もちろん、ホテルの上階の海側の部屋をとれば、眼下に真っ青な津軽海峡が拡がり、微かに潮の香が漂う最高のロケーションであり、湯量も豊富で泉質にも恵まれ、何より海産物をふんだんに使用した食事には思わず笑みがこぼれるという、今でも魅力いっぱいの観光地ではある。

路面電車を「湯の川温泉」停留所で降り、函館駅近くの観光案内所で予めとっておいた宿を見つけ、チェックインを済ませると、杏子は部屋で旅装を解き、さっそく大浴場へ向かった。

昼間の大浴場は、大きく取ったガラス張りの壁面から差し込む陽の光でとても明るい。茶褐色の艶消しの大理石のごつごつした感触が足裏をくすぐる。他に先客が一人いたが、杏子が入っていくと、まもなく出て行った。

広い浴室を一人占めし、湯船の縁から掛け流しの温泉が溢れ出るのを眺めながら、ゆっくりと身を浸した。

母も、こうして湯船に浸かったのだろうか。

それとも、掃除のためには足を踏み入れても、自身で湯加減を堪能することはなかったのだろうか。

杏子は母の仕事振りに想いを巡らせた。


貴女は不幸であったか。

家族のしがらみは重荷であったか。

我が子を捨てる時、貴女は何を思っていたのか。

三十分ほどして、杏子は浴場を出た。

今日一日分の疲れと埃は落とせた。が、これまでの人生の垢を全て落とせるわけもない。そのまま部屋へ戻り、お茶を淹れてテレビのスイッチを入れた。ローカルテレビ局のバラエティー番組がこの地方の特産物を紹介していた。

湯に浸かったせいで体が温まり、血液が全身の拡張した血管内に分散された分、頭の働きは少しばかり鈍くなったようだ。軽い眠気がさしてきた。座布団を枕に畳の上に横になるとまもなく眠りに落ちた。


「……ちゃん、お母《か》ちゃん、置いでがねんでえ。一緒に行ぐう……」


夢の中で幼い杏子は泣いていた。

目を覚ますと、現実の杏子も涙を流していた。

杏子の記憶にはない光景だった。母を送り出す時、いつも杏子は祖父と共に淡々と見送った記憶しかない。だが、記憶に残らない幼少時の、別離の時の実際の反応は、夢の中でのようであっただろう。それは容易に想像できる。睡眠と夢によって、深層意識の潜在的記憶が事実を垣間見せてくれる。

ざわついた心のまま、杏子は起きだした。そろそろ夕食の時間だ。

この頃の温泉場の大型ホテルでは、仲居さんが夕食を運んでくれる従来の旅館の形態から、一か所――大宴会場のようなところ――に客を集め、ビュッフェ形式で食事を摂らせるようにしているところが多い。人件費や手間、食べ残しなどの効率を考えると、ずっと合理的だ。少ない原資でいかに利益を上げるか。経営を維持するために必要な企業努力の一環なのだ。もちろん、高級旅館や、同じホテル内でも料金の設定によっては、部屋食も可能になるが、杏子はあえて一般的なビュッフェ形式の食事にした。部屋で一人食事を摂っても美味しかろうはずもない。

杏子は食券を持ち、チェックインの時に説明されたように、二階の大宴会場へ向かった。

宴会場の前の廊下で、宿泊客の食事の世話をする年増の仲居さんとすれ違った。すれ違う時、杏子の顔を見て一瞬立ち止まり、首をかしげるようなしぐさをして、またすぐ、その場から宴会場とは反対の方向へ向かっていった。

宴会場にはさまざまなフードコーナーが並んでいた。

和食あり、中華あり、洋食あり。中でも人気は、奥まったところにあるテーブルに、山と積み上げられた蟹のコーナーだ。小振りではあるが丸ごとの毛蟹や、タラバガニの脚の並んだ屋台の隣では、炭火で生のタラバガニの脚を炙って客に供していた。洋食のコーナーでは、見事なローストビーフをシェフが客の求めに応じて切り分けている。家族連れが多い。子どもはローストビーフにかぶりつき、父親は蟹を堪能している。

杏子にはなかった家族の団欒。

目ぼしいものは全て腹に収め、部屋へ戻り、身支度をして、再びホテルの外へ出た。

（函館山の夜景は見ておこう）

函館を訪れる観光客の恐らく八割以上が訪れるであろう函館山の夜景は、小学校の修学旅行でも感激して眺めた記憶がある。ホテルの前でタクシーを捕まえると、

「函館山のロープウェイまで」

と行き先を告げた。


函館山展望台山麓ロープウェイ乗り場からゴンドラに乗り込み、ゴンドラが動きだすとすぐに、大きなガラス窓を通して眼下に宝石箱をひっくり返したような光の絵画が見える。乗り合わせた観光客の歓声が上がった。窓越しに拡がるパノラマがゴンドラの上昇につれだんだん範囲を拡げていき、数分後頂上の展望台に着いた。

そこには、ちょうど修学旅行生の団体が二組ほど居合わせ、集団就職で上京した頃の自分の姿に重なった。彼らの嬌声を聞きながら屋外の展望台周辺を散策し、しばらく夜景を眺め、春まだ来《き》の三月、海を渡って函館山に吹き上がってくる北海道の夜風は、都心の真冬以上に冷たく、さすがに体が冷えた杏子は、最終のゴンドラを待たず下山した。宿に帰ると、またゆっくりと温泉に浸かってぐっすりと眠った。

翌朝は早々と起きて、燦々と陽光を反射する朝風呂を使った後、ゆっくりと前夜と同じビュッフェ形式の朝食を摂り、市内の散策に出かけた。

旧公会堂、外人墓地、聖ハリストス教会、立待岬。観光客が普通に名所を巡るように杏子も回ってみた。本州から外れ、北辺の地にあっても、函館は異国情緒豊かなハイカラな街だった。

函館市街を散策しながら、杏子は居心地の悪さを感じていた。

函館の活気溢れる明るい雰囲気が、体に染みついた暗い津軽の風土に根差した杏子の感覚にそぐわないのだ。

その昔、鰊漁が盛んだった頃、漁の人手のために、本州から北海道へ渡る季節労働者は「やん衆」と呼ばれ、一種蔑みの感覚をもって扱われた。他人とは容易に交わらない津軽人の無口で暗い風貌も、一段格下に見られる一因になっていたのかもしれない、と杏子は思った。

宿に戻ると、翌朝のチェックアウトをフロントに告げた。


部屋へ帰ろうとエレベーターを待っていると、昨夜夕食会場の前ですれ違った年増の仲居さんが近寄ってきて、杏子に声をかけた。

「失礼ですが、松木総《ふさ》子さんの娘さんではないですか?」

そういえば、母の名前は総子といった。

「はい。母とお知り合いの方ですか?」

「やっぱりそうだ。昨日お見かけした時、昔の総《ふさ》ちゃんにあんまりそっくりだったから、つい声をかけてしまって失礼しました。もう何十年も前になりますが、ここ とは別の温泉旅館でお母さんとは一緒に仲居をしてたんですよ。よく故郷《くに》に残してきた娘さんの話、してたんです。だから、全然知らない人の気がしなくて」

「そうだったんですね。私はあまり母のことは知らないんです。まだ小さかったし、たまに会うくらいで、そのうち母は帰ってこなくなっちゃいましたから」

「今はお母さんとは連絡取れてませんの？」

「はい。全然」

「確か、勤め始めて五年目だったか、東京へ出ると言って、勤めを辞められたんですよ」

「東京……」

「その当時働いていたところは、ここより高級な割烹旅館でしたから、いいお客さんもいましてね。仕事の用事で定期的に函館に見える羽振りの良いお馴染みさんがいて、その方の後押しもあって上京したんじゃないかって、当時は専らの噂でした。あ、そうそう。辞めて何年かした頃、年賀状をもらったんですよ。ずいぶん景気がよさそうでした。えっとね、確か名字が変わってた気がするんだけど、……思い出せないわあ」

杏子の心情などお構いなしにずけずけとものを言う仲居だった。相手も、杏子がもう子どもではない、と思って、親切心から事実を教えてくれているだけなのだろうが、杏子はなぜか不快感を覚えた。

「ありがとうございました。母も自分の人生があってよかったと思います。では、失礼します」

詳しい消息を知るチャンスだったかもしれない。でも、今は一刻も早くその場から逃れたかった。


翌朝、杏子がチェックアウトのためにフロントにいると、昨日の仲居が息せききってやってきた。

「よかった、間にあった。昨日あれから部屋に帰って荷物を探してみたんですよ、そしたら、お母さんの年賀状を見つけたの。よかったら持って行って。今もその住所にいるかどうかはわからないけれど、もし、会いたくなったら何かの手がかりになるかもしれない。私が持ってるより、娘さんのあなたが持ってるほうがいいでしょ？」

差し出された年賀状は日に焼けて赤茶け、年季が感じられた。

差出人は東京の住所で堀川総子と書いてあった。

＊

周囲の人が皆楽しげな函館の波止場から、杏子は再び船上の人となり、次第に遠ざかる函館の街を大した感慨もなく眺め、今はまた、デッキから紺碧の津軽海峡を眺めている。

深い藍を湛えた海は、あたかも屈託のなかった少女時代までの杏子の過去と、暗く沈んだ境遇にある現在の杏子を隔するがごとく、函館と津軽を隔てていた。

海峡の荒波を切って進む船上を渡る潮風の冷たさに、さすがの観光客もほとんど船室に戻り、デッキに人影のなくなった頃、船は津軽海峡のほぼ中央に達していた。

杏子はまだデッキに留まり、髪が潮風を受けて乱舞するに任せていた。

船の階上デッキ部分後方の、一般立ち入り禁止の貨物区域にふと目をやると、荷物の山の向こうに人影が見えた。肩までの髪を風になびかせ、杏子と同年輩の女性に見えた。

（何をしているのだろう）

杏子のいるところからは、女性の周辺にある荷物の山が邪魔になり、女の上半身しか見えない。

興味をそそられ遠目に観ていると、その人影は少しの間腰を屈め、杏子の視界から一瞬消えた。

次の瞬間、杏子があっという声を発する間もなく、女性の着ていたベージュのコートがひらりと手摺りを越えた。

（あっ！）

思わず息を呑んだ。

（そんな）

あわてた杏子は立ち入り禁止の仕切りを越え、先刻まで人影のあった場所へ駆け寄ってみた。周囲を取り囲むように木箱や段ボールの山がいくつもある。人影が吸い込まれた手摺りの下は真っ青な海であり、船の後方にはスクリューが作りだす二筋の白い波頭が延びていた。

人が飛び込んだことを示すような海面の変化は認められない。巨大な船体の作りだすエンジンの轟音とスクリューの波しぶきによって、転落した人影の痕跡は掻き消されていた。

足元を見ると、その人の持ち物と思《おぼ》しきバッグと靴が置いてあり、バッグからはみ出した運転免許証は、身元を知って欲しいという無言のメッセージのように思えた。

新藤洋子。昭和二十七年二月十五日生まれ。

免許証に記載された生年月日は、杏子と三年と違わない。写真の容貌もかなり感じが似ていた。

(何があったのだろう)

動転していた杏子は乗務員に事故を告げる分別もつかないまま、しばらく呆然としていた。

＊

どうしてそんな考えが浮かんだのかわからない。

何もかもうまくいかない自分の人生に絶望し、ゆかりの地を訪れても母の面影さえ得られず、半ば自暴自棄になっていたその時の杏子が判断を誤ったとしか言いようがない。

持っていてもしようがない人生を送っている人間の目の前で、持っていたくない人生を捨てた人間がいる。いらない人生なら拾っても良いではないか。杏子にはそう思えた。辺りを見回しても誰もいない。人を呑み込んだ深い海はすでに船のかなり後方に置き去りにされている。

周囲に人影はなく、他には誰も異常に気づいた者はいないようだった。

杏子は打ち捨てられたバッグを手に取り、中を確かめた。パスポート、預金通帳、印鑑、鍵のついたキーホルダー、ハンカチ。B5判サイズの茶封筒。

そのままその人物の人生を継続するために必要なものが、全部揃っていた。運転免許証とパスポートの名前も現住所も一致していた。

杏子は心を決めた。

（いらない人生なら私がもらう）

その時の杏子には、その人間に自分の人生を捨てさせるほどの事情があったことなど、毛ほども思い及ばなかった。ただただ、これまでとは全く別の人間として新たな人生を送りたい、という考えだけが杏子を支配していた。

三

東京都台東区××町○○三丁目二番地八号。

杏子は、最寄りの駅から徒歩で電信柱の住所と免許証の住所を照らし合わせながら、その所番地に対応するアパートに辿り着いた。

美幸荘。

築三十年、といったところだろうか。木造モルタル二階建て、向かって右、西側に階段があり、一階と二階それぞれ四部屋ずつの、通路に面して台所用品の透けて見える二枚の引き戸と、窓の斜め左上方に換気扇が付いた浴室と思しき部分と並んで、入り口ドアのある集合住宅だった。

アパートの前の道路を通り過ぎながら、さりげなく部屋番号を確かめる。

パスポートの現住所では部屋番号二〇五号、数字の四や九が死や苦を連想させるということから、アパートや病室の部屋番号では四や九が嫌われ、欠番となっていることが多い。四つ並んだ一階の左端の部屋番号が一〇五号室。とすれば、二階の最奥、東端の部屋が目的のものだろう。人通りの少ない午後の時間帯を選んで来てみたが、さすがに部屋へ侵入するのは忍びなかった。実際に部屋へ入るのは、もう少し薄暗い時のほうがよいだろう。まずは場所の確認と、同居人の有無、暮らしぶり、近所との付き合い、など確かめなくてはいけないことがたくさんある。

辺りに人がいないのを確認してアパートの二階への階段を上った。東端、道路から向かって左端の部屋のドアの前まで来ると立ち止まり、周囲を窺って人気のないのを確かめると、部屋の中の様子に聴き耳を立てた。郵便受けには新聞やダイレクトメールが、部屋の主に取り出してもらえず、溢れそうになっていた。

(この部屋の住人はしばらく帰っていない。船から海へ飛び込んだのだから当然だ。覚悟の自殺にしては新聞を止めるのは忘れたらしい。そして、郵便受けの状態から見て、数日家を留守にしても、代わりに郵便物を取り入れてくれる同居人もいない。心配して駆けつける友人や家族もいないよう

だ）

部屋の中もしんと静まりかえっていた。杏子は、部屋の前を通り過ぎる短い間にいろいろな場面を想定してみた。

杏子が部屋に入り込んでいる時に彼女の知人が訪ねてくるようなことがあってはいけない。

彼女が借金取りに追われるような生活をしていたのでは、成り代わっても意味がない。

もらいものや作りすぎた料理のお裾分けをするような近所付き合いをしていたようでは杏子が成り代わることなど論外だ。

彼女の生活を取り巻くあらゆる環境を把握してからでなければ、次の段階へは進めない。

とりあえず今日はここまで。後は数日かけてこの近辺の様子を見極めて行こう。

一週間、杏子は、さりげなくアパートの周辺を観察して回った。アパートを遠目に監視できる距離に、いつも薄いシルバーグレイの目立たない乗用車がひっそりと停まっている。そのあたりの路肩の植え込みからも様子を窺い、新藤洋子の部屋を訪ねる者のないことを確認した。

その間毎日、あたりに人影のない時を見計らって、部屋の郵便受けの新聞をそっと抜き取っておくことも忘れなかった。

隣近所の人間も、大方は平日の朝出勤し、夕方には買い物袋を提げて帰宅する、という一般的なパターンを示す者がほとんどで、特に主不在の部屋を気にかける風もなかった。

（よし、いける）

杏子は確信した。我が身に置き換えてみれば容易《たやす》く納得できる。杏子が数日家を留守にしたところで、近隣の誰も気にかけまい。気づきすらしまい。この女性も同じだ。だからこそ、死を選ぶほどにうちひしがれたのだ。

アパートの階段に掲げられた入居者募集の看板から、取り扱い不動産業者の名称と連絡先をメモし、翌日からの計画を頭の中に思い描きながらその場を離れ、都心へと向かった。

東京に着いてからの杏子は、都内の女性専用のカプセルホテルや深夜営業のサウナなどを転々としていた。しばらくの間の生活費を考え、宿はできるだけ安いところを選び、かつ、杏子の存在の形跡を残さないところを選んだ。新しい人間としての生活に目途が立てば、アパートを借りよう、死んだ女性に成り代わって。

＊

仕事に対しなんの情熱も感じていないらしい若い男性の受付係から、宿泊者用ロッカーのキイを受け取った。指定された番号のロッカーでキイを使い、私物をしまうと、屈んで文字通り自分の寝床に潜り込んだ。狭い空間で仰向けに姿勢を変え、乳白色のカプセルの天井を仰いだ。

心が決まるとかえって気分が落ち着いた。

明日さっそく、アパートの階段に掲げられた看板にあった不動産屋に当たろう。実際に行って、外から不動産屋の規模を確かめる。

家族的な小規模経営であれば手段の選択に少しの熟慮がいる。聞き覚えのある名前から予測される通りの、比較的規模の大きい不動産チェーンの支店的な店舗であれば、話はかえって簡単だろう。まず不動産屋に電話を入れ、大家の連絡先を聞き出し、大家に電話を入れる。大家には連絡船で遭遇した女性の名前を名乗り、解約の希望を告げる。そして、大家から不動産業者に女性が手続きに訪れる旨、連絡を入れてもらう。そののち杏子自身が不動産屋に出向き解約の手続きをする。

大家から連絡が入った以上杏子は疑われることなく手続きができるはずだ。目まぐるしく人の出入りのある都会で、実際に契約したのが杏子本人であるかないかなど、記憶に留めている者もいまい。それに従業員の異動があったかもしれない。いざとなれば、運転免許証という頼もしい国家のお墨付きの身分証明書がある。今の住所があるうちに印鑑証明も取っておくほうがいい。住民票があるなら、謄本もとって、家族構成や本籍など、彼女の人となりに近づくよすがとなり得る情報はできるだけ引き出しておこう。公の場にはできるだけ姿を現さないほうがいいから、役所への出入りは必要最小限にするために、印鑑証明と住民票は三〜四通とっておこう。住民票と印鑑証明は新しく部屋を借りたり、新規銀行口座を開設したりする時に必要になるだろうから。

引っ越しの期日まで数日余裕を持って解約し、その間に新しい引っ越し先を見つけ、業者を手配し、荷物も新たな住所に運んでもらえばよい。

　頭の中で繰り返したシミュレーションではうまくいきそうだった。

　双葉不動産を住所を頼りに尋ね当てると、その会社は予想通り首都圏を中心に展開している中堅不動産会社の支店だった。

　通りに面した大きなガラス窓に貼り出してある不動産物件の紹介広告を検討しているように装って、中の様子を窺ってみる。

　一番奥まったところに少し大き目の事務机があり、全体を監督するように年嵩の男性が座っている。その手前には、島状にスチール製の事務机が二つずつ向かい合わせに四つ並べられてあり、男性二人がデスクワークをし、女性一人はちょうど電話の応対をしているところだった。手前のカウンターでは、物件を探しているのか若いカップルが女性従業員の接客を受けている。どの従業員も顧客一人一人を記憶しているような雰囲気ではない。

　一通り不動産屋の値踏みをすると杏子は来た道を引き返した。

　あとは実行に移すだけ。

（どうしよう。本当にこれでいいのか？）

　これからしようとしていることは、新しい人間として生きていくと同時に、杏子という人間の存在を抹殺すること。今までの自分と、自分を育ててくれた祖父母の存在を消すこと。一時間近く考えながら歩き続けた。ここ数日考え続けていたことだ。心を決めたはずだった。

いざとなると身が竦《すく》む。

体が小刻みに震えている。

何もしなければ、今までと同じ。先の見えない人生。

隣の区との境目まで歩きついたところで、杏子はとうとう心を決めた。

(暗い人生を一掃するのだ)

杏子は顔を上げ、公衆電話を探した。三〇〇メートルほど先の横断歩道橋の手前に、赤地に楕円に白抜きされた部分にひらがなで黒く「たばこ」とかかれた看板が軒先に見える。そこに行けば店先に公衆電話があるはずだ。

胸の鼓動が激しくなるのを感じながらそこまで急ぎ、計画通りメモにある不動産屋に電話をした。先刻ガラス越しに中を見た時に電話の応対をしていた女性だろうか、応対に出た受付嬢は、屈託のない明るい声で、杏子の申し出になんの疑いも持たずに大家の女性の連絡先を教えてくれた。

＊

事はほぼ計画通りに進んだ。一旦動きだしたらもう止めるわけにはいかない。

新藤洋子の住んでいた台東区から、都心を挟んで反対側の山手線の外側、私鉄に乗り換え快速で三つほど先の街に降り、駅近くの不動産屋でいくつかの物件を紹介してもらった。

不動産屋の営業の人間に伴われ三か所ほど部屋を見て回り、二つ目に見た部屋――最初に快速を降りた駅でさらに各駅に乗り換え、二つ戻った駅が最寄りの部屋――に決め、新しい名前「新藤洋子」で契約を交わした。

ここでは準備した印鑑証明が功を奏した。契約書の勤務先欄は適当に記入したが特に不審には思われなかったようだ。勤務先まで連絡を入れて身元調査まではしまい。契約時に要求されることは、契約金や家賃を滞りなくきちんと払えるかどうかなのだから。

杏子はその場で、キャッシュで支払いを済ませた。あまり時間を置かず、無用な追及を受けないため、ボロを出さないためだ。契約書さえ交わしてしまえば、あとはもう心配はない。

数日後、大家に電話を入れて解約の希望を告げ、不動産屋へ本人が出向く旨伝えてもらうよう頼んだ。電話越しの杏子の声は、大家に不審を抱かせることはなかったようだ。人の良さそうな印象の、中年をとっくに過ぎた大家の声は耳に優しく、親切に応対してくれた。

杏子は二時間ほどして再び双葉不動産を訪れ、今度は迷わずに、物件の広告で埋め尽くされたサッシのガラス戸を開けた。

「いらっしゃいませ」

カウンターに近い席にいた従業員が声と共に腰を浮かせ、杏子のほうへ顔を向けた。

「お部屋をお探しですか？」

言いながらカウンターを手で差しながら、杏子のほうへ近づいて来る。

「あのう、美幸荘の大家の鈴木さんからお電話があったと思うのですが、お借りしていたお部屋の解約をしたくて参りました。家庭の事情で田舎へ帰ることになったもので」

「ああ、お聞きしています。先ほど鈴木様からお電話、いただきました。書類はこちらに揃えておきましたが、契約更新期日前の解約となり、さらに解約希望申し出期限が一か月前という記載が約款にございますので、申し訳ありません違約金が発生いたしますが、よろしいですか？」

「かまいません。こちらの都合ですから」

「わかりました。ではこちらをよくお読みになって、ご了承いただけましたら、こちらとこちらにご署名とご捺印をお願いいたします」

女性従業員は、杏子に向かって差し出した書類の二か所の署名捺印欄を交互に指さしながら説明をした。言われた通り杏子は記名と捺印をして従業員に書類を手渡した。従業員がその書類と契約時の書類とを確認し、処理しようとした時、その顔にほんの一瞬怪訝な表情が浮かんだ。が、それもすぐに消えた。

十六万円の出費は痛かったが仕方がない。そのまま居座って他人に成りすまして生活することも可能かもしれないが、隣近所には顔を見知った者がいるかもしれない。こうするのが一番安全だろう。

あとは引っ越し屋を頼んで早々にアパートを引き払う。電気も、水道も、固定電話も、新聞も全て止めた。

数日後、引っ越しのトラックがアパートに横付けされ、新藤洋子の部屋から荷物が運び出された。その様子を、道路を挟んだ向かい側の路肩に駐車してある、シルバーグレイのセダンの中からずっと窺っている者たちがいた。

車の中の二人の男たちのうちの一人が鼻を鳴らす。

「今度は引っ越しかよ。何やってんだ？」

もう一人の男は無言で視線をトラックに向けていた。

＊

新しく借りた部屋は、都心の繁華街の喧騒からは遠いが、それなりに人通りもあり、近隣にはいくつか大学があるため、学生用の賃貸アパートが多く、値段も間取りも独り暮らしにはちょうど良かった。

引っ越し屋に運んで仮置きしてもらった荷物を、整理をかねて数日かけて注意深く点検した。

亡くなった彼女の生前の生活を少しでも知る手がかりを得ること。

生前の彼女の行動範囲にできるだけ近づかないようにするためには情報がいる。不用意に彼女の生活圏に足を踏み入れれば、現在の杏子の生活はたちまち危ういものとなる。

出かける時もできるだけ目立たないほうがいい。地味な服装はもちろんだが、新藤洋子その人の好んでしたような服装はしないように心がけよう。クローゼットの服が参考になる。顔が隠れるように帽子も被ろう。マスクやサングラスはかえって目立つかもしれない。

杏子はできるだけ周囲に埋没するよう心がけた。

四

新藤洋子。三十五歳。勤務先は第一興殖銀行大手町支店。職種は一般職か。テラー（窓口係）にしては少し薹《とう》が立っているが。

洋服のサイズもほぼ同じ。残された写真などから察するに、体格も風貌も杏子とかなり似た感じがした。

もう少し情報がいる。図書館へ行き、第一興殖銀行について企業年鑑で調べてみた。そこそこの業績と資本規模を誇る中堅の都市銀行だった。

人事課へ電話し、それらしい理由を告げて退職願を提出しておこう。引き継ぎなどのことは適当に逃れる口実を見つけよう。私物は捨ててもらって。たとえ「立つ鳥が跡を濁す」ことになっても。

もう二度と訪れることはないのだから、「後は野となれ山となれ」だ。

引っ越しが終わった段ボールに詰められた遺品を、一つ一つ荷ほどきしながら中身を確認した。過去の経歴に繋がりそうなものは新たに整理し直し、人物特定に繋がりそうなものは廃棄した。これからの生活に必要となる衣類も特徴のあるものは捨て、あまり目立たない故人に結び付かないようなものだけを残した。

二日ほどかけて大方の整理を終えた。

次は洋子に成り代わるための基本情報の収集に当たった。整理し直した資料から、生い立ち、生活歴などの情報をできるだけ頭に叩き込んだ。

とにかく、これまでの彼女の生活圏に重ならないこと。それを第一に心がけよう。

さらに二日、部屋に籠って、彼女の元の部屋にあった書き物机の引き出しにしまわれていた数冊のノートと、青函連絡船のデッキから持ち帰ったバッグにあった茶封筒の点検を始めた。

茶封筒の中身はノートのコピーのようで、ページごとに企業名、その下に役職名と人物の名前があり、それぞれに銀行名と口座番号、その下にここ三年ほどの金の動きを記録したと思われる月日と数字の記載、さらに、それらを裏付ける出納簿の一部と思しきページのコピーがクリアポケットに入れられ綴じてあった。さらに数名の個人名と同様の口座番号らしき数字と金額の出入りの記録。ところどころに日記のようなメモもファイルされてあった。

連絡船の上で手に入れた茶封筒の中身は書き物机にあったノートの一部の抜粋のようであった。

添付された帳簿のコピーからすると、少なくとも名目はきちんと筋が通っていそうだ。にもかかわらず不正な金の動きの匂いがする。

（裏帳簿？）

（賄賂？）

入金先は企業名。名前を見ただけではなんの業種かわからないような名前もあるが、貿易関係を連想させるものや大手建設会社（ゼネコン）や大手商社がほとんどだった。水商売で酔っ払いの相手をしていた間、若い頃には高級クラブと言われる店に出ていたこともあり、何かの足しになるかと簿記の勉強をし、少しは数字が読めるようになっていた。そこを訪れるサラリーマンの相手をするために経済新聞なども読んだ時期があり、世の中の仕組みも以前よりは理解するようにもなっていた。それぞれの記録にある会社名と、その金の動いた時期に対応した世間での出来事があったかどうか。

（調べ物が増えたな）

杏子は再び図書館へ赴き、ノートにあった企業名を当たった。

ほとんどは貿易会社か大手商社などの貿易部門を持つ会社、大手建設会社、建設資材関係の会社だった。企業年鑑に載っていない会社名もある。代表的な新聞のアーカイブスも一面と社会、経済面を中心に当たってみた。

帳簿のコピーの取られた時期、世の中では何があっただろうか。

たとえば、ある東南アジアの発展途上国の元首が国賓として訪れ、見返りにインフラ整備事業などに対し、莫大な金銭的援助を取り付けていった。

杏子の記憶では、この元首はその後もお忍びで日本をたびたび訪れ、接待にあたった女性と密会を重ね、とうとう愛人として本国へ連れ帰った後、何番目かの大統領夫人とした、と専らの噂があった。当時、その他のアジアの発展途上の国々にも同様な動きがあり、外務省、通産省（現経産省）主導で同じような国家的プロジェクトがいくつも進行しており、そこに多数の国や企業を巻き込んだ莫大な利権が派生しているのは明らかだった。

ＴＡＴＣ（トランス・アジアン・トレーディング・カンパニー）。

なかなかの会社だ。名前から想像して、アジア中心の貿易を主たる業務としているようだ。

Ｎ通商、Ｔ運輸、Ｍ鉱業、Ｙ重工、Ｓ組……。

（物流？　鉄鋼業？　建設？）

（どうしよう。何か大変なことに首を突っ込んだようだ。業種もバラバラ。でも、なんだか物騒な匂いがする）

（このノート、始末してしまおうか）

杏子は今自分の置かれた立場を考えてみる。

（たとえノートを始末しても、ノートに記された事実は消えない。これだけの情報を彼女が掴んだという事実も消えない。これらの記録は三年弱にも及んでいる。これだけの情報を摑んだことと彼女が連絡船から海に飛び込んだことに関係があるのだろうか。いや、きっとある。事の重大さに押し潰されたか、なんらかの危険が身に迫るなどして耐えられなくなったか。あるいは危険そのものが飛び込みの原因……殺された?……ということは、彼女に成り代わっている私も危ない?)

ここまで思い至って杏子は思わず身震いした。

(ノートを手にした以上、今さらこれを処分しようが、一生口を閉ざそうが、身に迫る危険に変わりはないだろう。……ならば、ここで降りる意味はない。こうなったらとことん付き合ってやろう。どうせ拾った人生なんだ。いざとなったら元の人生に戻ればいい。今さら失うものは何もない)

杏子は腹を括った。

(まずは職探しのついでにこのノートに名前の挙がっている会社を見て回ろう)

杏子は洋子のノートに名前のあった会社について、いくつかを自分の目で確かめてみることにした。

今のところ、リストにあって所在のわかった会社のうち、東京に本社があるのは八社。そのうちの五社を杏子は二日かけて回った。

回ったといっても、もちろん、きちんと中に入ってどこかの部署の人間と話した、というわけではない。とりあえず外観を眺め、関係者以外の人間が入り込んでいても不審に思われないような人の出入りの多いところ、とりあえず受け付けのあるエントランスには入ってみた、というに過ぎない。場合によってはもう少し。

その中でも「ＴＡＴＣ」はさすがに立派な社屋で、エントランスの人の出入りも多い。何食わぬ顔で中央のエスカレーターに乗って吹き抜けになっている二階へ昇った。エントランスを見渡す回廊になった通路からさらに放射状に左右にドアが並ぶ廊下が続く。その廊下を、従業員がせわしなく行き来している様は、どこといって不審な点のない、普通の景気の良い会社に思えた。

もう一階エスカレーターを使って上へ行くと、そこも二階と同じような造りだが、エスカレーターはもうなかった。そこからは階段かエレベーターで上の階へ行くようだった。放射状の通路の一本の先に、守衛の立つ、他とは一線を画する場所があった。通行証のない杏子は守衛に見咎められた場合を考え、その先を目指すことはせず、一階から上がってくる時に使ったエスカレーターと平行して動いている下りのエスカレーターで出口へ向かった。

その他の会社も「ＴＡＴＣ」と似たりよったりで、それなりの体裁を持った会社だった。

新藤洋子の残したノートから全てを読み取ることは、今の杏子には無理だが、それでも日本やアジアをはじめ開発途上国の政府首脳やゼネコン、官僚が国民の税金を私物化して自分たちに利益誘導を図っていることは理解できた。杏子のように、中学卒業後の十代半ばから安い給料であくせく働いてもらう微々たる給料の中からでも、容赦なく搾り取られる税金を、彼らはいとも簡単に自分たちの利益のために無駄な工事をしたり、接待をしたり、自分の懐を肥やしたりするために掠め取る。そういえば、水商売をしていた頃、湯水のように酒代、サービス代、ホステスへのチップに札びらを切るスーツ姿の男たちは、役人か議員、会社役員、社用族と相場が決まっていた。

恐怖を抑え込むのには怒りという感情は最も効果があるらしい。少なからず感じていた恐怖が杏子の中で次第に闘志へと変わっていった。

＊

杏子の新しく借りたアパート近くの路上、植え込みに紛れるように、目立たない中型のシルバーグレイの国産車が止まっている。

車の中には大の大人——二十代後半の若者とそれより一回りは年嵩の男——二人が煙草の煙の充満した車内に、窮屈そうに運転席と助手席に並んで座っていた。この車はここ数日杏子の会社訪問を密かに尾行していた。

「奴はいったい誰なんだ？　マルタイのようにも見えるが、帽子ではっきり顔が確認できない。これまでの服装とも似ているようだが、どうも物腰が違うようだ」

「わけがわかりませんね」

「主が姿を消して二週間。急にやってきて勝手に引っ越しはするわ、銀行は辞めるわ。で、図書館通いを始めたと思ったら、今度は一人で対象の会社を回り始めた。いったいどういうつもりだ。一匹狼の仕事屋気取りか？」

「そろそろ締め上げますか？」

「いや、待て。もう少し泳がせて様子を見よう。本人じゃないにしても、その目的は何だ？　奴にはバックがいるかもしれない。下手に動きを封じると、バックがいた場合、蜥蜴の尻尾切りで、親玉がせっかく食いつきかけた餌を離して地下に潜ってしまう。そうなったら二年半もかけてせっかく追い詰めた獲物も逃しかねない。……まったく女ってやつは」

年嵩の男は苦々しげに言った。

「それ、男女差別発言ですよ」

＊

本格的に職探しを始めようと職安通いを始めて五日目。杏子は心の中で不首尾を嘆きながら、表通りへ続く小路を歩いていた。後ろから来る車がずいぶんうるさいと思いながら振り返ると、一台の車がスピードを落とさず、まっすぐ杏子に迫ってきた。思わず横のビル側へ飛び退き、バランスを崩して転倒した。車は急に進路を変えタイヤを軋ませて走り去った。その後にシルバーグレイの車が続いた。

車がもしもあのまま突っ込んで来ていたら、杏子は間違いなく車とビルの壁との間で、サンドウィッチの具材のようになっていただろう。

（私を狙っていた⁉）

杏子は改めて自分の置かれている危うい状況を把握した。

（警察に届ける？　いや、私の状況自体が法を犯しているのだから、それは論外だ。でも、だからと言って、黙ってやられるわけにはいかない）

――反撃――

自分にそんな度胸があるのは不思議だった。だが、人を人とも思わない傍若無人な振る舞いに、杏子の中にある反骨精神に火がついた。津軽人は、大和朝廷が権力を掌握してからというもの、蔑まれ、虐げられて、貧しく生活してきた分、打たれ強いのだ。負けず嫌いで根性が据わっているのだ。

（今に見てろ）

（手始めはどこだ？　金のありそうな――人殺しを雇えるほど――一番やばそうな……ＴＡＴＣか）

＊

杏子を尾行していたシルバーグレイのセダンの中の男たちが突然の出来事を目撃し色めき立った。

「何だ、今のは？　奴を狙ってたか？　だから言わんこっちゃない。おい、ナンバー見たか？」

「はい」

「よし、照会だ」

＊

翌日、杏子はＴＡＴＣに電話をし、ノートにあった経理部長の名前を告げ、取り次ぎを頼んだ。交換手に用件を尋ねられた。

「第一興殖銀行の新藤と申します。アジア向けの製品の発送の件とお伝えくだされればおわかりになると思います」

「畏まりました。少々お待ちください」

二、三分も経った頃だろうか、再び交換が出た。

「申し訳ありません。その者はただいま席を外しておりまして、代わりの者がお話を伺ってもよろしいでしょうか？」

「結構です」

「では、お繋ぎします」

カチッと回線の接続が切り替わる音がして、三十代後半と思しき男の声がした。

「なんの用だ？」

「会ってお話しできませんか？」

「なんのために？」

「こうして電話に出るということは、心当たりがおありになるんでしょう?」

「……」

しばらく沈黙があった。

「わかった。三時に銀座すずらん通りのマーメイド。目印は?」

「東経新聞を読んでるわ。そんな女、銀座の午後にはいないでしょう?」

「了解だ」


約束の時間の十五分前に喫茶店に着いた。

店内を見回し、入り口に近いブース席に陣取った。相手が入ってきた時、すぐに見つけられるように。何か不測の事態が起こった時には、すぐに逃れられるように。

コーヒーを注文してから、店内を見回した。特に不審な人物は見当たらないようだ。煙草の煙に燻された木枠の窓の中央部分には、外からの視界を遮るために、横にドレープカーテンが渡してあり、その上下の隙間から差し込む淡い光の中に、店内の煙草の煙やその中に浮かぶ埃が上下してきらきらと舞う様が見て取れた。店内には会話を邪魔しない、それでいて他人には隣の会話を聞き取りづらくする、絶妙なボリュームでクラシックが流れている。昼時を過ぎた店内は空いていた。

杏子は、おもむろに、JR有楽町駅のキオスクで手に入れた東経新聞を開いた。

三時ちょうど。ドアベルの音とともに、入り口のドアが開き、四十絡みの長身の男性が姿を見せた。さっと店内に視線を巡らした後杏子を認めると、向かいの席にどかっと腰を下ろした。

「なんの用だ？」

さっきと同じ台詞。

いきなりの高飛車な物言いは、相手の苛立ちと警戒心を表していた。姿を見せた男の物腰は、天下のＴＡＴＣ社員としてはいささか下卑た感じがする。

「昨日、車に撥ねられそうになったわ」

「それがどうした。自分が不注意なんじゃないのか？」

「ある意味ではその通りかもね」

「で、見ず知らずの他人に交通事故の危険について一説ぶちに来たのか？」

男は口元を歪めて、人を小馬鹿にしたような表情で杏子を見ている。

杏子は男の挑発に乗りそうになるのを我慢し、軽口を無視して続けた。

「たぶん、狙われた。脅しかもしれない」

「それと我が社とどんな関係がある？」

「あるかないか。それが知りたい。たぶん、大あり」

「新手の強請《ゆす》りか？」

杏子は、男の質問には答えず、話を続けた。

「ある記録のコピーを持ってる。銀行名と口座番号。金銭出納記録。貿易関係の会社の経理担当、あるいは、渉外担当部署の結構な肩書きの名前。国会議員や官僚と関係のありそうな団体や女性の名前も載ってるわよ。心当たりは?」

「知らないな」

「じゃあ、どうしてここに来たの?」

「会社にはさまざまなトラブルを持ち込んでくる奴らがいる。一種の苦情処理のために俺はここにいる」

「然るべきところへ持って行って調べてもらう?」

「その気がないからここにいるんだろう? 同じ穴の貉《むじな》じゃないか。だから、車に撥ねられそうになる」

「認めるの?」

「何を?」

「私を車で撥ねようとしたこと」

「まさか。知らないね。お前さんが自分で言ったんだろう」

「わかった。とりあえず資料の存在は伝えた。この後はどうするか。また私を消そうとする? そうしたら、コピーのありかはわからなくなるわよ。それに、私に何かあったら、その資料はただちに然るべきところに送られる」

「何が望みだ？」

「事実を知りたい。何が行なわれているのか」

「事実を知りたい？　会社は仕事をしただけさ。ビジネス。しごく当たり前のこと」

「でも、非合法なこともやってる」

「さあな」

男の態度と言葉使いは、初めの頃と明らかに変わっていた。堅気のサラリーマンとはとても思えない物腰。ＴＡＴＣの社員ではなさそうだ。杏子は話を続ける。

「建設業への便宜。電子部品の非合法な輸出。アジア大陸、朝鮮半島、東南アジア。政情不安を抱えるか、東西冷戦の狭間に落ちた国々」

「東経新聞は伊達じゃないのか？　まあいい。言っとくが、ＴＡＴＣはヤクザのような真似はしない。車で撥ねようなんて無粋なことはしない。つまり、あんたの敵は俺たちだけじゃないってことだ。せいぜい身の回りに気をつけるんだな」

「ご忠告どうも」

「何もわかってないみたいだな。これは一企業の問題じゃない。もっとスケールが大きい。女一人でどうこうできることじゃないぜ」

そう言うと男は少しの間、目を細めて値踏みするように杏子の顔をじっと見た。そしておもむろに言った。

「もしもあんたのバックに何かあるんなら話は別だが。もっとも、それならこんな無茶な会見はしないか。本当に一人だとしたら、あんたは大したタマだよ。何が狙いだ、金か？　悪いことは言わない、手を引いたほうが身のためだぜ」

「お金なんかいらない。本当のことが知りたいだけ」

「本当のこと？　知ってどうする。本当のことってなんだ？　本当のことなんてあるのか？　そもそもこの世は一握りの金持ちにとって都合のいいシナリオがあるだけなんじゃないのか？」

「本当にそうなの？　私たち庶民は何も知らされず、働き蜂のように働かされ、結果、なんの疑問も持たず、ただ黙って全てを吸い上げられていればいいということなの？」

「まあな。立ち回り方によって少しだけおこぼれをちょうだいするってのが賢い生き方ってやつだ。非力な者が力のある者に刃向かったって、はなから勝負はついてる。時間の無駄ってもんだ」

「そんなのもうたくさんなのよ。一寸の虫にも五分の魂。潰されたらカメ虫みたいに、拭っても拭ってもいつまでも取れない臭い匂いを染みつかせてやるだけよ」

「ほう。ねえちゃん面白いこと言うね。カメ虫か。今日び都会の人間はそんなもん知らねえよ。……ねえちゃん故郷《くに》はどこだ？」

杏子を田舎者と蔑んだのか、あるいは自分も同じ境遇だと伝えようとしたものかはわからなかったが、男の下卑た物言いにむっとして即座に言葉が口を衝いて出た。

「あんたには関係ない」

杏子のにべもない物言いに、男は半ば苦笑を浮かべて相槌を打った。

「そりゃそうだ」

「それに、どっちみち、もう遅い。現に狙われたし、これからはもっと危なくなる」

「そうだな、ご愁傷さまなこって。じゃあな」

男は席を立ち上がりざま、三センチほどの厚さの茶封筒とコーヒー代のつもりか一万円札一枚をテーブルに置き、

「お前を寄こした奴らに言っとけ。女子どもにずいぶん無茶をさせるもんだな、ってな」

と捨て台詞のように言って店を出て行った。


後に一人残された杏子は、男の言ったことを反芻していた。

〈敵は俺たちだけじゃない？　もっとスケールが大きい？　一企業の問題じゃない、ましてや個人でどうこうできるレベルの問題じゃない、とはどういう意味だ？　バックにもっと大きな組織がある、あるいは、数社の企業を包括して系統立った経済活動が行なえるような、しかも、裏社会っぽい繋がりがあるということだろう。ヤクザ？……それも含まれるかもしれないが、ヤクザがメインで仕切っているわけではないだろう。アジア方面に大金を動かす大きな組織。複数の企業を牛耳ることができる。……となれば、政府の金融資金絡みか？　……アジアは急成長を遂げている国と未だ貧困に喘ぐ国が渾然としている。キナ臭い不穏な空気もある。そこに悪徳政治家や企業の暗躍す

る余地は生まれる。私を寄こした奴らに言っとけ？　奴らと言うからには私をなんらかの組織の一員と見なし、その手先として動いていると思っている。しかも、私の立場は非常に危険だと警告している）

とりあえず、男が置いていった茶封筒を手に取り、口を開けて中身を確かめた。

封筒には帯封をした一万円札の束が三つ。口止め料のつもりか。これが私の命の値段だとしたら、ずいぶん安く見られたものだ。

（やってやろうじゃないの。三百万ぽっきりの命、他にこれといって、使い道があるわけじゃなし）

男の態度を見て、杏子は沸々と怒りが湧いてくるのを感じた。

茶封筒をバッグに収め、冷めきったコーヒーを飲み干すと、テーブルに置かれた一万円札を摑み、杏子はレジへと向かった。

＊

喫茶店の外で杏子の動きを見張っていたシルバーグレイの車の車内。

「奴は何をやってる。少し前に店を出入りした男は、ＴＡＴＣの監視で面の割れてるマル暴だったよな。接触したのか？　ということは単独で動いた目的は、強請《ゆす》りか？　あるいは逆に敵に取り込まれたか？……どっちかだろうな」

「どうします？　今度こそ締め上げますか？」

「いや、まだだ。どうせここまできたんだ。もう少し泳がせて奴の出方を見るんだ」

＊

さて、これからどうしたものか。

私はすでに監視されている。本当は一人にならないほうがいいのだが、それは無理だ。とすれば、できるだけ人目のないところにはいないほうがいい。自分自身に保険を掛けてうまく立ち回ること。

この場合の保険は、銀行口座と企業名、氏名の書かれたノート。

そのノートを安全に隠すにはどうしたらいいか。

ノートのコピーもとっておこう。

いろいろ考えて、郵便局の私書箱を利用することにした。

郵便局で私書箱を一つ契約し、その私書箱宛に件のノートを送る。私書箱宛なら、契約者が取り出さない限り安全に保管されるはずだ。この際の契約者名は、松木杏子の本名を使う。新藤洋子がマークされているなら、現在の洋子として生活しているのが杏子であることを突き止め、松木杏子の私書箱に辿り着くまでには、いくらか時間が稼げるだろう。

翌日、淡い色の花柄のブラウスに、やや長めのベージュのフレアースカートという地味な服装をし、紙袋に帽子と伊達眼鏡、件のノートと松木杏子名義の私書箱を借りる際に必要になる杏子自身の運転免許証と印鑑を入れた布製のバッグ、着替え用のTシャツとGパンも入れてアパートを出た。眼鏡をかけただけで、人の印象は変わる。

電車で新宿まで出て、駅の地下街の特に人通りの多い通路を選んで通り、適当なところで見つけたトイレに入った。三人ほどの順番待ちの列に並び、個室に入って水洗の水を流しながらTシャツとGパンに着替え、持ってきた帽子をかむり、眼鏡をかけ、着てきた服は布製のバッグに移し、紙袋はトイレの汚物入れに捨てた。ついでに用も足し、個室の扉を開けて出る時、次の順番を待っていた三十前後の女性が、少し怪訝な顔をしたが、その表情はすぐに消え、今しがた杏子の出てきた個室に入れ替わりに入っていった。

できるだけ目立たないようにトイレから通路の人混みに紛れ、地上に出ると、最寄りの郵便局へ入り、私書箱に空きがあるかを係の職員に確かめたが、あいにく空きがなかった。再び外に出て少し街を歩き、目に留まった別の郵便局をあたった。比較的小さめの局だったが、幸い私書箱には空きがあり、契約できた。

郵便局を出ると、近くのコンビニに寄り、ノートと茶封筒の中身のコピーを二部作成し、A4サイズの封筒を買い、初めの郵便局まで戻った。

一枚には自分の私書箱宛に宛名を書き、新藤洋子の資料全てのオリジナルを入れ、もう一枚は実家の住所で杏子宛にコピーの一部を入れて、三年後の配達期日指定郵便にした。もう一部のコピーは調査の資料として今少し必要と思われるので、手元に置くことにした。

杏子は就職を諦め、しばらくバイトで食いつなぐことにした。

ラブホテルのメイド兼、清掃員。

特別な資格もいらないし、採用にあたってあれこれうるさく問われることもない。佐藤という偽名で採用された。

三交代制で、いろいろ調べて回るための平日の日中の休みも定期的に巡ってくる。他人様の快楽の後始末だと思うと、なんとなく情けなくなるが、勤務時間帯の関係で、手取りもそこそこ良いし、何より、あまり人と会わずに仕事ができるのがいい。都会の片隅に埋没してしまうにはもってこいだ。しかも、追っ手を避けながら、次に打つ手を考えるには、黙々と掃除をしているのがちょうどいい。アパートにはあまり帰らず、着替えを運び込み、ホテルの従業員用の更衣室に併設された簡易シャワールームで入浴の代わりにし、仮眠も従業員用の休憩室のソファベッドで取った。

勤務先にまで踏み込み危害を加えるほどの暴挙には、敵もまだ出まい。

五

漁師の春夫は、いつものように下北半島の付け根に近い陸奥湾内で漁をしようと、船の上で底引き網を仕掛ける準備をしていた。

少し先の海鳥が群れを成す辺りに目をやると、海面に白っぽいものが浮かんでいるのが見えた。

よく目を凝らすと、どうも、人型に見える。気味が悪かったが、そのまま見過ごすわけにもいかず、少し船を進めて近くまで寄ってみると、やはり、変わり果ててはいるが、人のようだった。いわゆる、土左衛門である。腰を抜かしそうにはなったが、なんとか気を取り直すと、無線で漁協に連絡を入れた。もう、漁どころではない。三十分ほどして、海上保安庁の巡視艇が春夫の船に合流した。それからは、春夫に対する発見時の詳しい状況の聞き取りと、現場の検分、遺体の引き上げが行なわれ、春夫がやっと解放されるまで、三時間ほどかかった。

「仏さんの身元は割れたのか？」

「いえ、まだです。なにせ時間の経った仏さんで、しかも水の中にずっと浸かってたわけですから、着衣もぼろぼろで、所持品の類は全くありませんでした。死後の体内の腐敗によるガス貯留と、皮膚の剝脱、魚や海鳥による損壊のために、外見からは性別すらはっきりとしない模様で、詳しい所見は解剖を待たなければならず、事故、自他殺含め、詳細は不明です」

「とりあえず、近隣で行方不明になっている者はいないか、観光客で、姿の見えなくなった者はいないか、その他、可能性のありそうなところを手分けしてあたってくれ」

その場にいた警察官たちは一斉に返事をし、それぞれの持ち場へ散っていった。

フェリーや連絡船関係を当たっていた青森県警の高瀬刑事は、目ぼしい収穫もなく、連絡船の運

行事務所を去ろうと腰を上げ、礼を述べ、出口ドアへ向かおうとした時、今まで話をしていた職員が、

「あ……」

と声を出した。

「どうしました？　何か思い当たることがありますか？」

足を止めた高瀬は、声を発したと思しき職員に向かって訊いた。

「いやね、そういえば、一か月くらい前でしたかな、乗客名簿と降りた客の人数が合わんことがあったんですわ。ただ、乗船名簿は揃ってるし、置きっぱなしの荷物があったとか、乗客が海に落ちたような形跡もないので、まあ、カウントの間違いだろうということになって、その件は問題なしということになったんですが」

「その時の乗船名簿を見せていただけますか」

「いいですよ。何時だったかな。……あ、そうだ。小野寺君、きみ、覚えてないか？　確か、君が熱出して二日ばかり仕事休んで、また出てきた時じゃなかったか？　人数が合わないってちょっと騒いだだろう。あれ、何日だ？」

「ああ、ちょっと待ってください。……と、三月の十六日ですね。三月十四日の病院の領収書がありますから、その二日後です」

「ありがとうございました」

高瀬刑事は、はやる心を抑えながら思わず礼を言った。

三月十六日の乗船名簿のコピーをもらって署に帰り、名簿にある人名を片端から確認していった。

＊

陸奥湾で発見された変死体の捜査は青森県警に移され、捜査会議が開かれた。

「課長、三月十六日の青函連絡船の乗客の中に、連絡のつかない人物が五名います。男性三人、女性二人。男二人は、住所、氏名とも、全くでたらめでした。残る男性一人は住所、氏名とも実在しますが、現在連絡は取れません。女性は二人とも氏名、住所とも該当者はあるものの、現在連絡がつきません。また、その女性のうち一人は、三月十三日、すなわち、連絡船乗船の三日前に東京の当該アパートを引き払っており、その後の所在は現在のところ不明です」

「乗船後に行方をくらます女と、乗船直前に痕跡を消す女か。気に食わねえな。とりあえず消された痕跡を復活させるぞ」

「はい。女の消息については、現在鋭意調査中です」

「それと、男どものでたらめはなんだ？　いったい同じ船に名無しの権兵衛が四人も五人も乗り合わせるなんてことがあるもんなのかい？」

「はあ、私見ですが、あまりないことだとは推測されます」

「そりゃそうだろうな。男のほうも、もう少し調べる必要があるな」

「はい。手分けしてあたっています」

＊

薄暗い人工照明のみのラブホテルと、カーテンを引いたままの部屋での、昼夜あべこべの生活を一か月ほど続けていると、なんだか土竜《もぐら》にでもなった気分だ。なかなか次の一手が思いつかず、久々に渋谷の繁華街に出てみた。平日の夜半を過ぎても人波は一向に勢いが衰えず、どこからともなく湧き出してくる。この人たちはいったい何をしているのだろう。学生、サラリーマン、プータロー、ホスト、長い脚を露出させた派手な化粧の女たち。昼間の顔を持つ者も持たない者も、夜の渋谷では皆ぎらぎらとしたエネルギーを湛えている。根なし草のような自分は、この人波に呑み込まれ、自分を見失ってしまいそうだ。私はいったいどこに向かっているのだろう。

緩い傾斜の宮益坂を青山方向へ登っていた時だった。不意に腕を取られ、声を上げる間もなく、見知らぬ男に通りに面した小さなビストロへ押し込まれるようにして連れ込まれた。大声を上げて助けを乞うてもよかったが、人目のたくさんある店の中では危害も加えられないだろうと思い直し、男に従うことにした。

促され、席に着いたとたん、男は口を開いた。

「驚かせて悪かったな。ああしないと危なかった」

「え？　誰が危なかったの？　誰かいたの？」

「誰かいたか？　気づいてなかったのか？　何も知らないのか？」

男はまくしたて、挙げ句、呆れたような表情を浮かべた顔で杏子を眺めた。

「知らないも何も……」

「あんたはずっと尾行《つけ》られてた。おまけに、すぐ後ろに黒塗りのセダンがすーっと寄って来てたんだぜ」

「そんな……」

「これだよ」

男は大仰にため息をつきながら、吐き捨てるように言い、背もたれへ思いっきり体をのけ反らせた。

「おかげで俺もずいぶんやばいことになった」

一人で意気まく男に気圧されながら杏子は言った。

「あなたはいったい誰？」

「ああ、そうだったな。俺はあんたを知ってる。あんたも俺を知ってるはずなんだがな。ただしそれは、あんたが本当に俺の知ってるあんただったらって話だ」

ややこしい男の話を、狐につままれたような顔で聞いていた杏子が口を開いた。

「どういうこと？」

「新藤洋子さん、だろ？　一応」

「新藤洋子だけど。あなたは？」

「高木惣一郎。週刊誌の記者。ある事件を追ってる。その過程で新藤洋子と名乗る女性と二度接触した。もちろん、会ったことはない。電話だけ。公衆電話から編集部の俺のところにかかってきた電話だけだ」

「……」

「だから、あんたが、本物の新藤洋子さんだという確証もなければ、別人だという証拠もない」

「でもあなたは、私が偽物の新藤洋子だと思ってる」

「ああ。本物ならあんな風に無防備なはずはないし、俺のことをあんな風に、狐につままれたみたいな顔で見るはずがない。そもそも接触してきたのはあんたのほうなんだからな。少なくとも、電話で話した時の緊迫した雰囲気は、今のあんたからは全く感じられない」

「それで？」

「本物の新藤洋子がどうなったか、なんて野暮は訊かない。彼女が持っていた情報がどうなったかだけを知りたい」

「情報？」

杏子がそう言ったとたん、高木と名乗る男の態度がそれまでの柔らかな物腰とは一変して厳しい表情を帯び、声を荒らげた。

「惚《とぼ》けるな。彼女は危険な立場にいた。ある情報を持ち、それを利用しようとしたために、自分の命さえ危ないと思っていた。だから保険を掛けたんだ。俺に連絡をし、情報の一部を伝え、身に危険が迫った時、俺か他の誰かが情報を取り出せるように」

「わかったわ。私は……本物の新藤洋子じゃない」

「そうこなくっちゃ。これで話が早くなった。これから何と呼べばいい？」

高木と名乗る男の態度はまた、少し前までのように穏やかなものになっていた。杏子はまだ一〇〇パーセント高木を信用したわけではない。とりあえず偽名の佐藤を名乗った。

男の話を要約するとこうだ。


新藤洋子は都市銀行の出納を担当していた。取引先の中堅の電子部品会社、貿易会社、商社、大手建設会社など、数社の金の出入りを手がけていてある時、妙なことに気づいた。

金の出入りそのものは違法には見えない。だが、どことなく不自然なものを感じ、詳しく見返してみた。それらの会社には、不定期にかなりの額の金が振り込まれ、数日以内に引き出される、というパターンが数年にわたり繰り返されていた。

その金の不審な動きの意味するところに気づいた時、どこで知ったのか、『週刊現在』編集部の高木に接触してきたのだという。初めは電話で。その後、資料の一部が郵送されてきた。

「会社名と金額に関する情報の一部は受け取った。でも全部の情報が揃わなければ全容は解明できない。裏も取れない。だけど、新藤洋子からの連絡は途絶え、銀行からも姿を消した。探したよ。勤め先から前のアパートの住所を聞き出し、そこを管理している不動産屋をあたって、解約前後の状況は摑めたけど、ちょっと不自然だったな。新しい引っ越し先なんかは知らないようだった。今度は引っ越し業者をあたったよ。近所の目撃談から引っ越し業者は割れた。後はまあ、なんとかなった。情報を集めるのが商売だからね。蛇の道は蛇さ。そこから張り込み開始。姿を捕まえてからは必要に応じて尾行してたってわけ。おかげで命拾いしたろ？」

話を聞きながら、杏子は素早く頭を働かせた。

（この男は信用できるか？　この男の欲しがってる情報はたぶん新藤洋子のノートにある。情報を晒して善後策を講じるか、この場をなんとか取り繕ってこの男を遠ざけるか。この男のほうが自分よりよほど情報を持っているはずだ。一人では危険なのはすでにわかりきっている。手を組んでうまく立ち回ったほうが利口じゃないか？　そんなに悪い奴には見えない）

杏子は心を決めた。

「わかった。私の持ってる情報は全部差し出す。ただし、そっちの情報も全部渡してちょうだい。その条件が呑めれば組んでもいい」

「わかった。交渉成立だな」

高木惣一郎と名乗った男は屈託のない笑顔を浮かべた。

（笑うと結構可愛い顔してるんだな）

先刻までの恐怖を忘れ、杏子はそんな感想を抱いた。

夕食がまだだったことに気づき、杏子と高木はそのままそこで食事をすることになった。

杏子が他人と一緒に食事を摂るのはいつ以来だろう。

高木と話していると、彼の人柄が先ほど見せた笑顔のように、温かく邪気のないものだということがよくわかった。彼は世の中の不正が許せないのだと言った。権力にものを言わせて知己に便宜を図り、私腹を肥やす行為は弾劾されなければならないと熱く語った。同じ目的を持つことになったことと、少量のアルコールのせいで杏子は久々にくつろいだ気分を味わい、高木に好感を持った。

高木は日の前の新藤洋子と名乗る女性に、先年泣くした姉の面影を重ねていた。

初めて電話を受けた時の新藤洋子の蓮っ葉な印象とは違って、実際に会ってみると、むしろ清楚な印象を受ける。話しているうちに、この女性は新藤洋子とは別人だと確信した。

高木は中学生の頃、交通事故で両親を亡くした。その後、高校生だった姉が親代わりとなって、上の学校へも行かず、嫁にも行かず、朝の新聞配達からスーパーの店員、週末はオールナイトの映画館の切符切りのバイトまでして高木の面倒を見、大学まで行かせてくれた。高木が雑誌社に就職し、やっと姉に苦労をさせなくてもよくなったと思ったのもつかの間、長年の無理がたたって、姉は病に倒れた。胃癌だった。症状はずっと前からあっただろうに、血を吐いて倒れるまで、姉は病院へ行かなかった。生活のことや高木を心配して我慢したのだろう。入院して2週間ほどであっけなく息を引き取った。

それ以来、高木はずっと後悔している。姉に甘えっぱなしで、姉一人に苦労をさせて、自分は、のほほんと大学に通っていた。本当は、男の自分がしっかりして姉を守るべきだった。

その思いが目の前のどことなく姉に面差しの似た杏子に向けられていた。

*

青森県警本部、捜査一課。

「課長、仏さんの解剖結果が出ました」

「おお」

「骨盤等の形状から性別は男性。骨端線の状態、関節、歯牙の磨耗状態などより推定される年齢、三十歳代後半から四十歳代前半。大腿骨長等の計測により推計された身長は一六〇センチ、プラスマイナス二センチ。残存筋肉及び、骨における腱の付着部位の状態より、体格はやや痩せ型、残存頭髪は長髪。歯牙の状態はあまり良好ではなく、衛生状態のあまり良くない環境で生活、もしくは衛生習慣のあまり良くない人物と見受けられるとのことです」

「死因は?」

「はい。皮膚に点状の出血があり、扼死に特徴的とされる眼球、眼瞼結膜の溢血点はなく、頸部の皮膚、皮下組織、筋層に扼痕も認められませんでした。その他、生前に負ったと見られる外傷の所見はなく、胸腔内には暗赤色の液体貯留があり、顕微鏡による組織検査所見にて、肺胞内に出血、ないしは泡沫状の暗赤色の液体貯留と海水産のプランクトンが認められ、これらは死後に海水に浸かったものではなく、存命の状態での海水吸引による窒息死、すなわち典型的な海水による溺死の所見だそうです。同時に認められた内耳の出血も溺水を裏付ける所見だそうです。

　また、手足の皮膚は水に浸かっている間にふやけ、まるで手袋と靴下を脱ぐように、すっぽりと剝けており、指紋照合などは不可能だそうです。

　それから、海中にあった遺体の状況は気温、水温、細菌による腐敗の進行状況、岩や漂流物、船舶などとの接触、海生生物や鳥による損壊などに大きく影響されるため、死亡時期の厳密な推定はなかなか困難だとのこと。大まかに言って死後一か月から三か月とのことです」

「わかった。つまり、仏さんは、生前に打撲や絞扼を受けた痕跡はなく、典型的な溺死所見を呈している。ということは、事故か自殺か知らんが、誰かに暴力を振るわれて海中に落とされたという痕跡はない。しかも死後ではなく生きているうちに海に入るか落ちるかして海水に浸かって溺れて死んだ、という可能性が高い。ということだな？」

「はい。以上のことより、身元の判明もなかなか難しいと思われます」

「よし、目撃者を捜せ。船や岩場から海に落ちた者や海岸近くの不審者を見た者がないか、徹底的に聞き込みをしろ。行方不明者や家出人などの捜索願も当たれ。連絡船の乗船名簿の所在不明者との照合も忘れるな」

捜査を割り当てられた者たちは一斉に外へ飛び出して行った。

六

初対面から数日後、杏子と高木はそれぞれの持つ資料を携えて、杏子の勤めるラブホテルの一室で再び会った。他人に邪魔されずに話ができ、また、周囲に二人の会談を目撃されないためにはもってこいだった。

資料の詳細について二人で検討した。新藤本人ではないため、金の流れの細部については一部憶測を交えるしかないが、高木が取材を進めて得た情報と照合すれば概略は摑めるだろう。

「しっかし、このＴＡＴＣってのは食えない会社だな。表向きは極めて優良企業で、ちょっと見はなんの問題もなさそうなのに、あちこちへの資金の流れを見ると、不正輸出、不正融資、贈収賄の匂いがプンプンするな。俺たち素人が少し突っついただけでこんだけあからさまなのにどうして官憲の手が及ばないかなあ。……そういう時の答えは一つ。官憲もグルってことだよな」

「そう……なのかな」

「決まってるさ。直接賄賂をもらわなくても確実に繫がってる。学閥だったり、天下り先の便宜だったり。そもそも俺がここに行き着いたのは、もともと政治家絡みの不正融資疑惑からなんだから」

「政治家絡みの不正融資ってどういうこと？」

「正確には政府の事業の名のもとで行なわれる、関連企業、金融、政治家、国家間の不正融資疑惑」

「……」

「アジアへのＯＤＡってのがあるだろ？　政府開発援助。第二次大戦下日本軍が侵攻して大変ご迷惑をおかけしました、ってのもあって、戦後、特に朝鮮戦争の特需で日本の景気が上向いてきた頃から、アジア各国へ開発援助の名目でたくさんの資金が投入されている。

大きな金の動くところには必ず政商や政治家が砂糖にたかる蟻のように集まってくる。ＯＤＡの資金の何割かは、巡り巡ってそいつらの懐に転がり込むのさ。ＯＤＡの仲介大手商社が受け取る手数料は五パーセント。表に出せない手数料、つまり賄賂は十パーセント。この表に出せないほうの手数料のうち、六パーセントが相手国、四パーセントが日本側の天の声に渡ることになっている。

政治家へのバックマージンは、もちろん日本国内だけじゃない。援助を受ける相手国にも、政治的に未成熟なら未成熟なほど、金はその国の実力者の懐に入る。一般国民は相変わらず食うや食わずだけどな。

第二次大戦時の賠償的意味合いもさることながら、ＯＤＡの意味はそれだけじゃない。むしろこっちの意味合いのほうが日本の経済界にとっては大きかったと俺は思うんだけれど。初期のODAは『タイド援助』といって、それによって調達される物資や事業は日本製品に限定されたものだったから、ODAの主体だった開発途上国のインフラ整備などは、日本の企業のアジア進出の格好の機会になった。『親方日の丸』だから、価格も企業の言いなりで適正価格からは程遠いものになり、企業にとってはドル箱だったわけで、当然その差額は企業の利益になるばかりか、初めからODA額の数パーセントは仲介した政治家へのバックマージンとなることが慣例になっている。余剰の利益を資金に、自国、相手国とも政治家の接待や裏工作などにも使われ、仕事を受注するための贈収賄の温床にもなり得る。もちろん全てを仲介する商社にも莫大な利益をもたらす。

ただ、当初のODAのように初めに日本主導の開発工事ありき、のタイド援助では、実際には現地の人たちが望んでいないインフラ整備が断行され、そのために居住地を追い立てられたり、農業や林業、漁業などの生活の基盤を奪われる人たちも大勢出る、現地には不満が残る施策だったんだ。が、この頃のODAでは、さすがにタイド援助では世界の目が厳しく、相手国の反発も強くなってきてるから、それは少なくなってるんだが、代わりに、オイルショック後の中東でのエネルギー確保の問題や安全保障の問題との兼ね合いもあり、援助の意味合いもずいぶん様変わりはしてきたんだ。裏金作りも巧妙になってるし。

いずれにしろ議員たちの政治活動の資金源になってることは今も昔も変わらない。いつの世でも旨い汁を吸うのは巨悪さ。発展途上国の独裁者たちがでっぷりと太り、金満生活をしているか、軍備の増強をしているのを見れば、ＯＤＡがかなり大きな役割を果たしているのが想像できるけど、せめて、日本国内の不正な利益享受者だけでも懲らしめてやりたいじゃないか。……なんてね」

そこまで一気に話し終えると、高木は部屋に備え付けられている冷蔵庫のところへ行き、缶ビールを一本取り出すと、グラスを二つ手に持って杏子の前に戻ってきた。テーブルにグラスを並べ、それぞれに注ぎ分けると、自分の分を飲み干し、さらにビールを注いだ。

杏子にはあまり馴染みのない話だったが、高木の話を聞いているうちに、俄然興味と憤懣が湧いてきた。

「ひどい話。大企業や、役人、政治家ばっかりいい思いをして、あくせく働く私たちは搾り取られるだけ。絶対罰があたらないとおかしい。で、どういう切り口で攻めようとしてたの？」

「うん、まず金の流れ。これは新藤さんのノートがあれば完璧。さらにその流れがどういう意味を持つかの裏取り」

「確証は摑めたの？」

「たとえばまず、ＴＡＴＣの開発部長、榊一太《さかきいちた》」

新藤洋子のノートのあるページを指さしながら
「ここのところを見てごらん。昭和六十年五月十八日、ＴＡＴＣの口座に一億五千万、そして、榊の個人口座に三億の入金」

「……」

「さて、ここのページ」

とまた違うページを開いて指さす。

「五月二十日。榊の口座から三億がそっくり引き出されてる。それからここ」

「堀川聡子の口座。五月二十日、一億円の入金。次はここ」

と、また別のページを指す。

「同じ五月二十日、細野範義名義の口座に二億の入金」

「堀川聡子は財務次官の藤堂俊輔の愛人と言われている、人材派遣会社——といっても、コンパニオンとか、いわゆる宴席のホステスの派遣だな——の代表。他に銀座に高級クラブも持ってる。細野範義は民自党建設族の代議士後藤和臣の後援会和山会の事務局長さ」

「これって……」

「そう。もうわかるね。一九八五年度のアジアへのODA総額四十億ドル。一昨年、一九八六年度の総額は約六十億ドル。今後は増加の一途さ。ゼネコン始めインフラ整備関連企業にとっちゃ打ち出の小槌だ」

「……」

「個々の事案で何百億円という巨額の金が動くんだ、数千万なんて奴らにとっちゃ端金なのさ」

「そういえば、東南アジアのどっかの大統領が何回か来日して、接待を担当した日本人女性を連れ帰って愛人にし、しばらくして第何夫人だかにしたとかって話もあったよね。フィリピンの大統領夫妻も宮殿のクローゼットに靴が何千足とかって、桁違いの贅沢三昧なんでしょ？　それも関係あるの？」

「まあ、女性週刊誌が好きそうなネタではある」

「これからどうするつもりなの？」

「完璧な資料が揃ったんだ、記事に纏め上げて発表するさ」

「大丈夫なの？」

「どうかな。大丈夫かと問われれば、大丈夫じゃない、という答えになるかな。まず、記事ができてもデスクの腰が引けたら載せてもらえないかもしれないし、場合によっちゃ、こっちの命も危ないかな」

「なんでそんな危ない橋を渡るような真似をするの？」

「使命感。……なんて青臭いことは言わない。特ダネをものにしたいっていう功名心とか？　生活のためもあるな。記者なんて売れる記事書いてなんぼの世界だし。あと、やっぱり頭きたってのが一番かな。こちとら、せかせか働いても食うのがやっと。片や、何もしないで泡銭。しかもとてつもない額。なんかおかしくないか？」

「そう思う」

「それともう一つ引っかかっていることがある。四月の中頃だったか、ＴＡＴＣのＯＬがぼろアパートの空き部屋で変死してた事件、知ってるだろ？」

「ああ。テレビで観た。それがどうかした？」

「あの会社はＯＤＡではちょくちょく顔を出す企業なんだ。死んだＯＬは犯罪に巻き込まれるような女性じゃない。わりと地味だが、そこそこ綺麗で、少し行き遅れの感がある。こういう女性を見た時、君はどう考える？　大企業に勤め、そこそこ綺麗なのに、嫁にも行かない。管理職になってるわけでもない」

「社内に誰かいい人がいる？」

「うん。社内の噂じゃ、新藤さんのメモにもある開発部長榊一太の色だったんじゃないかってことだ」

「……」

「どうした？」

「それもこの件と関係があるの？」

「わからない。でも、無関係とする根拠もない」

「重役の愛人が変死した。……生きていられては都合の悪いことがあった？」

「さあね。でも知られてはまずいことを知られてしまったとか、知られたことを公にすると脅されたか。秘密をネタに強請《ゆす》られた、なんてことがあったのかもしれない。事実、この女性に関しては気になる情報もある。会社の上層部の色だったから、寝物語にでもいろんな情報に触れたり、あるいはその立場を利用して情報に近づく機会があったのだろう。そうやって得た情報を大物政治家に流していた。つまり政治家が政府に近い企業の動向を探るためのスパイみたいなことをやってたって話があるんだ」

「もっと突っ込んで調べないと、なんとも言えないんじゃない？」

「そりゃそうさ。でも、政治家と企業人というのは、狐と狸みたいなもので、どっちがばかしてるんだか、ばかされてるんだかっていう関係だから、ばかし合いには情報が不可欠。常に先手を打たないと相手に食い物にされるだけだからな。お互い調べられてまずいことはごまんとあるに決まってる。まあ、そのへんも手は打ってある」

高木と話しているうちに、杏子の体のうちにまたしても沸々と怒りの感情が湧いてくるのがわかった。

（人を人とも思わず、自分たちの私腹を肥やすためなら、他人の命など、なんとも思わない奴ら。糞だ）

それと同時に高木の話で杏子が一番気になったのは、財務次官藤堂俊輔の愛人の堀川総子という人物だった。母と同じ名前。名字まで同じ。偶然だろうか。

今後の計画を打ち合わせ、互いの連絡方法を確認した後、杏子は高木と別れた。

だが、杏子が高木と会うのはこれが最後になった。

＊

ホテルの出入り口が見える場所で路上駐車しているシルバーグレイのセダンの中では、相変わらず男二人がじっと人の出入りを見張っている。

「おい、男が一人ラブホに入ってくってことがあるか？　しかも真昼間だぜ」

「真昼間だからありなんじゃないですか。間男と有閑マダム。時間差で待ち合わせ、とか」

「いつの言葉だよ、有閑マダムって。……でもまあ、そんなところかな」


「遅くないか？　待ち合わせにしちゃ、有閑マダムさんとやらはよ」

「あ、出てきた。一人だ。なんだ？　あいつ。やけに早くないですか？　一人で何してたんでしょうね？　ラブホで一人エッチでもしてたんですかね」

助手席に座った年嵩のほうの男が、運転席の若い男をたしなめる調子で言い返した。

「馬鹿言ってんじゃない。……ま、つけてみるか。シフト通りならどうせ今夜は朝まで仕事だろ？　マルタイの奴は」

「そうですね。場違いなところに、場違いな男の出現。確かめる価値はありますね」

シルバーグレイのセダンが高木の後を追った。


高木を追《っ》けたシルバーグレイのセダンは文談社の向かい側、片側二車線の都道を挟んだ向かい側の路肩に、一時間ほど止まって高木の入っていった文談社の建物を眺めていたが、高木が出てくる様子がないと判断して引き上げていった。

＊

杏子と会って資料を受け取った後、出版社に帰った高木はまだ興奮していた。

（かなりの特ダネスクープだ。労せずにほぼ完璧な資料が手に入った。しかし、それにも増して危惧されるのは、出版社や俺自身に降りかかる災難だ。記事の載った雑誌の発売前に記事の内容が漏れれば大きな圧力がかかるだろう。彼女が心配したように身の安全が脅かされる可能性もある。文字通り命賭けの仕事になるだろう……。記事が完成するまでは一人で動こう。脱稿したら編集長に見せる。そして一気に記事の発表に持っていく。あまり、時間をかけてはまずいな）

高木は帰りしなに杏子から渡されたノートのコピーを丹念に調べ始めた。

〝政、官、財界を巻き込む一大外交スキャンダル！

　東南アジア各国を舞台にＯＤＡを巡る巨大贈収賄疑惑〟

翌週の『週刊現在』の表紙に躍るスクープ記事の見出し。

真夜中を過ぎて一時間ほどした頃、高木の頭の中には、記事の表題とあらましができあがった。

（これはすごい記事になる。明日一番で編集長に目を通してもらおう。ゴーサインが出れば細部をもう少しつめて一気に脱稿だ）

終電を逃した高木は、一段落した記事をフロッピーディスクに保存し、来客用のソファに仮眠の支度を整えた。

フロッピーディスクへの保存は念のため二枚とった。自称新藤洋子に渡してもいいし、万が一のためにも。そのうちの一枚は、高木のデスクではなく、編集部に備えられたキャビネットの引き出しにしまった。そこは、福袋と呼ばれ、没になった記事や記者の覚書など、雑多のものが入っているが、部内の者には、ネタに困ったら当たれる打出の小槌のような役目を果たしていた。部外者にはわからないが、部内の者には価値のある引き出し。もし、自分に何かあったら、誰かがこのフロッピーを探し当てるだろう。

(これでよし。何かあったら、澤井あたりがこの引き出しを掻き回して俺の記事を見つけてくれる)

澤井とは、入社が同期で、政治経済ネタで、しのぎを削ってきた。彼なら一目見てこの記事の重大さをわかってくれるだろう。漠然とそう考えながら、高木はソファで仮眠を取った。

翌朝、高木は早出の編集部員の出勤してきた気配で目を覚ました。

「先輩、泊まり込みですか？　何か大きな事件ありました？　知らないのは僕だけってことないですよね」

「おう、平田か。今日は早番か？」

「まあ、そうですね。この頃は政局も落ち着いてるし、早番もあまり仕事がないです」

「そうかあ？　そんなこと言ってると今に天地がひっくり返るほどの騒ぎが起きるぞお」

「なんすか、それ。ほんとになんかあったんですか？」

「まあな。次週号のお楽しみってこと」

「先輩、水臭いっすよ。教えてくれたっていいじゃないですか。教えてくださいよ」

「駄目駄目。同僚といえども情報は漏らせない。せっかくのスクープをかっさらわれちゃたまらん。仕事に関しちゃライバルだからな」

手早く顔を洗って、頭をすっきりさせるためにコーヒーを淹れた。パソコンを立ち上げ昨夜一晩がかりで完成させた記事の原稿を確認し、編集長の出社するのを待った。

編集長が出社しデスクに着くやいなや、高木は自席を蹴って編集長の席へ進み、机を挟んで彼の前に立った。

「どうした？　勢い込んで」

「編集長、次号の記事についてお話ししたいのですが」

編集長は田嶋といい、腹のやや出始めた五十代前半の、血圧が高めなのか、赤ら顔の男だった。

「何だ？　目新しいことがあったか？　次号の内容は前回の編集会議でほぼ決定済みだが？」

「はい。ですが、これはスクープと言えるネタです」

「スクープ？　お前が採ったネタか？」

「もともと追っかけてたところに、ひょんなところからネタの持ち込みがあって、向こうからこちらで記事にして欲しいという話になったんです」

「それはまた、なんで？」

「その前に場所を移していただけますか？」

「ずいぶん大げさだな」

田嶋は大儀そうな顔をしたが、ネタの持ち込みがあったり、面接が必要になった時などに使用する小さな個室に移動することをしぶしぶ承知した。

個室に移り、高木はこれまでの経緯を話した。

説明を聴き終えると田嶋は高木の予想とは違う反応を示した。

「高木。そのネタは少し預かる」

「え？　どうしてですか？　記事は生ものです。時が経って旬が過ぎた記事はなんの価値もなくなる。記事自体成り立たなくなる」

「いいんだ。記事として成立するかどうかの判断をするのは俺だ」

高木は釈然としないものを感じていた。

（これほどのネタだ。これだけのヤマだ。もたもたしてたら他誌に抜かれる可能性だってある。ネタは摑んだら一刻も早く捌《さば》く。つまり、裏を取り、裏取りができたら、間髪を入れず記事にする。

それが、記者の心得だって叩き込んでくれたのは他ならぬ編集長じゃないか）

なおも食い下がろうとする高木に田嶋は毅然と言い放った。

「高木、預かりだ。いいな」

（俺らは何も言えない？　政官財界を巻き込むネタなのは間違いないが、それが編集長を尻込みさせる理由か？）

編集長の前を辞そうとする高木の背中を田嶋の声が追いかける。

「高木、この記事について他に知ってる者は？」

「この情報を持ち込んだネタ元の他にはいないと思います」

「うん、そうか」

高木には編集長が少し顔を曇らせたように見えた。

「次号は予定通り。自分のすべきことをしろ」


高木は杏子に連絡を取った。電話口の杏子は意気込んで聞いた。

「高木さん、それで記事はどうなりました？」

「佐藤さん、すみません。すぐには記事になりません」

「どうしてですか？」

「編集長が記事を預かると言っています。どうもすぐに記事として載せる気はないようでした」

「どうしてだと思われますか？」

「たぶん、記事が発表されると、政、官、財界全てに及ぶ一大スキャンダルが引き起こされることになるから、その影響の大きさを考えてのことではないでしょうか」

「たとえ大スキャンダルを起こしても暴かなければならない闇の世界がある。そういうスタンスだと思っていた文談社さんでもそんなものなんですか。文談社だけは圧力に屈せず、真実を伝えるメディアだと思ってたのに」

「そう買いかぶられても困ります。確かに真実を伝えるという使命は肝に銘じてはいますが、我々にも生活があり、会社も存続しなくてはならない。雑誌や会社そのものの存続が危うくなった時には、煮え湯を呑むこともある」

「メディアに良心はないのでしょうか」

「メディアの良心……。メディアとて一企業。多くはスポンサーの意向に左右されるんです。でも、最善は尽くします。まだ不掲載と決まったわけではありませんから」

「どうかよろしくお願いします」

電話の向こうで切羽詰まった様子の杏子の声は、今にも泣きだしそうだった。

「お気持ちはわかります。私もせっかくの記事を埋もれさせたくはありません。もう少し外堀を埋めてから次の手を考えます」

電話を切って、杏子は大きな不安に襲われた。

(やっぱり巨悪には勝てないのだろうか)

杏子は悔しさと無力感にしばらく頭を抱えた。

七

編集長が高木の記事に待ったをかけた二日後、既定の原稿も校了し、久々に早く帰宅しようと会社を出た高木は、通勤用の車を止めている会社近くの月極駐車場へ向かう路地を入った。

そこで高木は、スモークガラスを巡らし、エンジンをかけっぱなしにした黒っぽいワンボックスカーが一台止まっているのを目にした。と、その車からダークスーツに身を包んだ数人の男たちが降り立った。彼らの動きはよく訓練された者たちのそれだった。高木が車の横を通り過ぎようとした時、一人が高木の背後から頭にすっぽりと黒い袋を被せ、それと同時に一人は高木に当て身を食らわせ発声を封じ、他の一人は高木を羽交い絞めにすると、後は全員で高木を担ぐようにしてあっという間に車の中に押し込んでしまった。男たちが全員車に乗り込むとすぐに車は発進した。

「な、なんだ君たちは?」

両脇から腕を抱えられ、高木には抗うことができず、そう問いかけるのがやっとだったが、彼らは何も答えなかった。

(彼らはいったい何者だろう)

彼らの醸し出す雰囲気はヤクザもののそれではない。高木には拉致されるべき理由に心当たりはなかったが、ただ一つ可能性があるとすれば、数日前に纏めて編集長に没にされた記事に関してだけだ。政治家やゼネコンに関係した疑獄事件に発展する可能性のある記事だった。そう考えれば、彼らの素性もおのずと想像がつく。

(彼らは政府機関の人間、あるいは政府機関の手先となって汚れ仕事を請け負う人間たちなのだろうか)

車が走る間、高木は答えの出ない疑惑について考え続けた。

四十分ほど車は走り、やがて、うらぶれた通りのだだっ広い廃屋に乗り入れると、入り口のシャッターは近くにいた男によって閉められた。

車が停止すると、両脇を占めていた男たちに小突かれるようにして高木は車から降ろされた。

「さっさと歩け」

背中を小突かれ、よろけながら、高木は数歩進んだところで膝裏を蹴飛ばされ、堪らずその場に頽《くずお》れた。頭に被せられた黒い布袋も乱暴に引き剥がされた。

「高木さん。例の記事の元ネタと、仕上がった記事のフロッピーはどこですか? 今、持ってますか? 会社にありますか? フロッピーに入ってるだけで全部ですか?」

男たちの物腰は一般的に言って丁寧だった。多分に暴力的で威圧的ではあるが、ヤクザものとは明らかに違う。きちんと教育された人間であることを感じさせた。

「そう矢継ぎ早に質問されても答えられない。いったいなんの話だ？」

高木は気を失いそうなほど恐怖を感じていたが、精一杯の虚勢を張って答えた。

「失礼しました。あなたにはあまり時間がないかもしれない。早く聞き出そうと焦ってしまいました」

「答えたら殺されるってことか？」

「まあ、普通に考えたらそうですね。でも、そうとも限りませんよ。どうせ吐くんですから、恐怖や苦痛の時間は短いほうがいいんじゃないですか？　さっさと話して楽になってください」

「断る」

そう言ったとたん、高木の腹部にそれまで相手をしていた男の革靴の爪先がめり込んだ。

「私たちのことをあまり甘く見ないほうがいい」

口の中に酸っぱいものを感じて高木は一瞬眩暈がした。

「わかったよ」

「初めからそうやって素直にしていてくだされば、痛い思いもしなくて済んだんですよ」

男は表情も変えずに質問を再開した。

「ネタ元は？」

「知らん」

再び今度は鉄拳が腹部を捉える。

「うっ……」

「まだ懲りませんか？」

「違う。本当に知らないんだ。自分で摑んだネタを持ち込んできた奴がいて、それの裏はほぼ取れていたから、原稿に仕上げただけだ」

「では、その持ち込んできた方は、どこのどなたですか？」

「よく知らん。社に直接電話があって、面白いネタがある、記事にしないかと言われた」

「そんなことで文談社さんはいつも情報を鵜呑みにするんですか？」

「電話の後でそいつが持ってる資料の一部を社に送りつけてきて、その内容が俺の追ってたネタを裏付けるものだったから、駄目もとで会うことにしたんだ」

「どこで会われましたか？」

「会社だよ。直接来たんだ」

「う〜む。ずいぶん不用心ですね」

男は信じていないようだった。

（姉の時のように俺のせいで死なせるわけにはいかないんだ。なにより、ネタ元はジャーナリストにとって生命線だ。情報源を売ってどうする。居場所を悟られてはならない。素性を知られてはな

らない）

　高木は恐怖と戦いながら必死で頭を巡らせていた。

「で？　記事にするには裏付けが必要でしょう？　資料はどこですか？　証拠は揃っていたのですか？　裏取りはできたのですか？」

「資料は会社にある。記事の草稿はフロッピーの中だ。安心しろ、編集長は記事にしないつもりだ……なぜか知らんが」

「編集長がねえ」

　男は意味ありげに顔に不敵な笑《え》みを浮かべた。

「どういうことだ？」

「知らなくていい。知ったところで、面白い話じゃない。冥土の土産に真実を教えるっていうのはドラマの中だけです。それまで全く登場しなかった被害者の腹違いの兄弟とか、莫大な遺産を残す遠くの親戚とかが急に出てきて一件落着なんてのは、聾桟敷《つんぼさじき》に置かれた視聴者向けの謎解きのためですから、現実にはありえません」

「どうせ殺されるなら、こっちも話すことはない。実際、彼女のことは深く知らない。資料だけ受け取った。そのほうがお互いのためだからだ」

「ほう、彼女。ということは、お宅らが言うところの情報提供者は女性ですか。やっぱりね」

（しまった。彼らは、情報を持ち込んだのが男か女かも知らなかったんだ。だが、やっぱり、とはどういうことだ？　心当たりがあるということか？）

　後の祭りだった。これ以上は何一つ彼女に繋がる情報は漏らすまい。高木はそう強く思った。

「で、資料の内容は？」

「企業秘密だ」

「笑わせる。死んでしまったら企業秘密など、香典の足しにもなりません」

「記事の内容を知ってどうするつもりだ？」

「貴方には関わりのないことだ。記事になったら困る人たちがいて、力ずくでも記事にならないようにできる人たちがいるってことです。どこのマスコミも一線を越えたら一緒です。全ての情報や施政を牛耳っている黒幕は一つところで繋がっていますから。虎の尾を踏んだら最後、あえなく喰い殺されるってことです」

「なんの話だ？」

「この世は一部の力を持ってる人たちがどうにでもできるってことです。気に入らない輩にはとっとと消えてもらう。ま、そんなことは、どうでもいい。さっさと質問に答えてください」

「だから、これ以上は何も知らないし、答えようもないんだ」

「情報提供者、ですか？　そいつとはどうやって連絡を取るんです？」

「向こうから連絡が来るんだ。こちらからは連絡のしようがない」

「本当ですか？　そんなことで天下の文談社さんが記事にするのですか？　謝礼も払わなくてはな

らないでしょう？」

「必要な時は向こうから連絡が来る。謝礼は現金で渡す」

「その女性はなんで貴方に連絡してきたんですか？」

「そんなことは知らない」

そう答えたとたん腹にもう一発蹴りが入った。

「手間をかけさせないでください。さっさと話しなさい」

口の中に上がってくる液体は酸味に加え、強い苦みを帯びていた。胃液に濃密な胆汁が混じったものだ。すぐに言葉が出ない。

「くっ……。知らんものは知らん。答えようがないんだ。何かわけがありそうな感じの女性だった。勝手な想像だが、資料の出どころと関係がある女じゃないのか？」

「名前は？」

「う……たぶん、偽名だ。……佐藤と名乗っていた」

「他には？」

「これ以上は本当に何も知らん」

「そうですか……」

男はしばらく考えるような間をとった。そして、さも気の毒そうな顔をして言った。

「残念ですね。これで貴方ともお別れだ。悪く思わないでください。ま、記事は今のところ没だし、資料もきっと会社の貴方の周辺を探れば手に入るでしょう。しかも、もう手に入っている頃だと思いますよ」

いきなりだった。後ろにいた仲間の一人が高木の頸部に荷作り用のビニールロープを回し、一気に引き絞った。

＊

文談社の『週刊現在』編集部。

「編集長、高木さん今日も欠勤ですね。何かの取材ですかね。何か聞いてますか？　無断欠勤なんてこれまでなかったでしょう？　電話連絡もないし、取材なら取材で、届けてるはずでしょう？

今日でもう四日ですよ。絶対おかしいですって」

高木の後輩の平田が編集長のデスクに来て言う。

「ああ、そうだな」

「警察に届けたほうがよくないですか？」

「ああ」

「ああって……。どうしたんですか？　心配じゃないんですか、編集長？」

その時、ちょうど放映中のワイドショーのニュースコーナーで、変死体発見のニュースが報じられた。

〝葛飾区内の公園の公衆トイレ内で、身元不明の首吊り死体が発見されました。遺体は三十代後半から四十代前半の男性、身長一七三センチ、痩せ型。身元は不明。警察は自殺とみて身元の確認を急いでいます。……では、続いて今日の気象概況……〟


そのニュースを観て、編集部内に緊張が走った。

「まさか、高木さんじゃないですよね」

「まさかとは思うが……おい、平田、確かお前、葛飾署に大学の同期だか先輩だかがいたよな。行って仏さんの身元確かめてこい」

編集長が声を上げた。

「はい。すぐ行って確かめてきます」

平田は編集部を飛び出して行った。


平田は葛飾署に行き、大学時代の剣道部の先輩の刑事を呼び出してもらった。

受付に降りてきた平田の先輩刑事に、遺体が知り合いである可能性を告げ、その刑事の案内で監察医務院に運ばれる前の、霊安室に安置された遺体と対面した。

高木だった。

発見まで数日の期間があったためと、扼死に特徴的な変化のため、容貌には少なからず（かなりな）変貌があったが、着衣には見覚えがあった。

平田はショックのあまり息ができなくなった。現実のこととは思えなかった。息を止めていたことで胸が苦しくなり、ついには荒い呼吸の波が押し寄せ、しばらく身動きもできなかった。涙さえ出なかった。

先輩の刑事に肩を抱かれ、遺体の置かれた部屋を出た。


廊下に出ると公衆電話を探し、すぐ編集部に連絡を入れた。何をどう話したか覚えていない。

その足で、二階の捜査一課に向かった。

平田を見かけた他の刑事が苦言を呈する。岡嶋だった。

「おいおい、記者さんじゃないか？　こんなところで困るなあ。何かわかったら会見するから。それまで、抜けがけはだめだよ」

「すみません。でも取材じゃないんです。被害者はうちの編集者でした。何が何だかわかりません。どうしたらいいんでしょうか」

「え？　本当かい？　ちょっと話を聞かせてもらっていいかい？」

平田は動揺しながらも、高木のためにできるだけのことをしなければならないと思った。

「はい。できるだけの協力をさせていただきます」

「よし、わかった」

「おい、山野。ちょっと一緒に来い」

岡嶋は、机三つ向こうにいた若い刑事に声をかけ、三人は捜査一課の喧騒を避けて取調室へ移った。


「仏さんの身元は？」

「はい、高木惣一郎、歳は三十八くらいだったかな、独身です。四日ほど会社を無断欠勤していて、そんなことは今までなかったので、心配していたところだったんです」

「ご出身はどちらでした？」

「出身は確か和歌山で、都内のワンルームマンションに一人暮らしでした。ご両親はご健在だと思います」

「何か、思い悩んでるような様子はありませんでしたか？」

「え？　どうしてですか？　警察は自殺だと考えているんですか？」

「まだ、なんとも言えません」

「高木さんに限って自殺なんて絶対に考えられない」

「そう考える根拠は？　詳しく話してもらえるかい？」

「仕事だって順調だった。欠勤する二日前までは何か特ダネを追ってたんだ。精力的に仕事をしていた。そんな人が自殺なんてするわけがない」

「ふむ」

「詳しい内容はわかりませんが、確か六日前の朝、僕が早番で出勤すると、高木さんがソファで寝てて、前の晩泊まり込みで仕事をしていたようでした。で、何か特ダネでも摑んだんですかって訊くと、まんざらでもないように、〝今に天地がひっくり返るほどの騒ぎが起きるぞ〟と冗談めかして言ってたんです」

「天地がひっくり返るほどの騒ぎ、ですか……」

岡嶋はまた遠くを見るような目になってしばし間を置いた。

「どんなネタなんでしょうね。何かわかりませんか？」

「内容はわかりません。スクープは他人にかっさらわれるといけないからって教えてくれませんでした」

「天地がひっくり返るほどのスクープねえ。なんだと思います？　記者の勘では？」

「そんな……。僕にはわかりません」

「ふむ」

「自殺じゃなかったら、他殺ですよね。事件ですよね。もしかしたらスクープ絡みで消されたとか？」

「おいおい、憶測でものを言うな。まだだよ、まだ。それに警察の見解はおおむね自殺だよ。先走るな」

「おかしいですって。絶対自殺なわけないですって。僕、社に戻って高木さんの追ってたネタを探ってみます。何か捜査に役立つような情報があれば、すぐお知らせします。だから、自殺だと断定しないで捜査してください。お願いします」

平田は必死で訴えた。

「まあ、捜査が進めばいろいろはっきりするでしょう」

岡嶋は平田に名刺を渡しながら付け加えた。

「何かわかったら知らせてください」

「わかりました。ありがとうございます。すぐに社に戻ってさっそく取り掛かります。何かわかればすぐに連絡を入れます」

平田は弾かれたように刑事部屋を飛び出し、社に向かった。

(高木さん、何を追っていたんですか？　誰にやられたんですか？　どこを探せばわかりますか？)

平田の目から、寂しさと共に悔し涙が溢れ出た。

＊

平田は編集部に戻ると、まっすぐ編集長のところへ行った。

「編集長、残念ですが高木さんでした。ご実家へは警察から連絡していただけるそうです」

そこまで報告するのがやっとだった。平田の息は嗚咽に変わった。

「そうか。ご苦労さんだったな。……残念だ」

少し落ち着くと、平田は編集長に言った。

「警察は自殺だと言ってますが、僕は絶対他殺だと思います。実は僕は、高木さんが出社しなくなる前々日の朝、泊まり込んで仕事をしていた高木さんと話したんです。何か大きなスクープを掴んでいるようでした。編集長、何か聞いてませんでしたか？」

「いいや、何も聞いてない」

編集長の目が泳いだ。

「そうですか。おかしいですね……」

「そのスクープ、内容については何か聞いたか？」

「いえ、それが、まだ記事になる前だから同僚にも迂闊には明かせない、と笑いながらおっしゃってたんです」

「そうか」

編集長の顔に少しほっとしたような表情がよぎった。犠牲者が増えなくて済む、そういった安堵だっただろうか。

「高木さんのパソコンやフロッピーをあたって、何かわかれば警察に伝えるように言われています。その代わり、警察のほうで何かわかればこちらに情報をいただけることになっています。これからさっそく高木さんのパソコンやデスクを調べます」

「ああ。そうしてくれ」

平田は高木のデスク周りを調べ、パソコンの中身に取り掛かった。

しばらくしてその努力が徒労に終わったことを知る。

「目新しいものは何もないですね。次号の予定内容に関するものが最新のものです。スクープの話は冗談だったのかなあ。でも、確かに徹夜で記事を準備していた様子だったんだけどなあ」

そこへ、現在は同じ文談社で政治経済専門誌の所属になっている澤井が『週刊現在』の編集部に入って来た。

「今、ニュースを見た。本当か？」

「あ、澤井さん。大変なことになりました」

「いったいどうしたんだ？　ニュースでは自殺だと言ってるが、あいつは自殺するような奴じゃないぞ」

「ええ、そうなんです。自殺か他殺かの結論はまだ出てないはずだし、刑事さんと話した印象では、刑事さんは他殺の可能性が高いと見てはいたようでしたけど……」

「どういうことだ？」

「死体の発見状況はどうも自殺とは考えにくい感じで、それに、姿が見えなくなるほんの二日前には、僕に、大きなスクープを摑んだって言ってたんです。徹夜で記事にしていたようでした。そんな人が自殺なんか絶対にしないし、そのスクープっていうのが結構やばそうで、そのことで消されたって可能性もありそうなんです」

「で、どこにあるんだ？　その、高木がまとめたっていう記事は？」

「それが、ないんです。フロッピーにも通常の予定通りの記事関連のものしかありませんでした。今調べていたところです」

「ちょっと見せてみろ」

澤井はしばらくパソコンをいじっていたが、平田に向かって聞いた。

「高木が徹夜で仕事してたのはいつだった？」

「七日前です」

「だとすると、おかしいぞ。ほら、見てみろ。七日前に徹夜で作業してたんなら、その日付のものがあるはずだろう？　それがないのはおかしいが、何より、この最終更新日時、三日前だ」

澤井は新しもの好きというか、効率主義というか、執筆記事の編集などでの利便性から、普及し始めたばかりのパソコンを一早く仕事に使用しており、その扱いに習熟していた。

「高木が会社にこなくなったのはいつだ？」

「四日前です」

「おかしいだろう。高木が会社に来なくなって以降にパソコンがいじられてるってことだ。つまり、高木がやったんじゃない。誰かが高木がいなくなってから、高木の最後の仕事の痕跡を消したってことじゃないのか？」

「そうですね。確かに妙です」

「他にはないのか？　紙に書いたものとか、フロッピーディスクとか」

「デスク周りはチェックしましたが、何もありませんでした」

「ふむ」

澤井は考えた。

（高木は何か掴んだんだ。そしてそれを記事にするべく準備して消された。しかも、編集部に入り込んでパソコンやデスクを細工することさえできる輩に。ということは、ここでこのまま不用意に記事のありかを探すのはまずい。記事の情報はそのまま、また抹殺される。突き止めたが最後、こっちの命も危ない。……ちょっと作戦を錬る必要があるな）

澤井はできるだけ平静を装いながら言った。

「平田、何もないな。後は警察に任せよう」

「え？　ええ……」

平田はなにか不満そうだったが、先輩の、しかも高木の友人の澤井の言葉は黙って呑むしかなかった。

澤井はそのまま『週刊現在』の編集部を出て行った。

澤井は社の外に出て、数ブロック先の道路を挟んだ向かい側にある喫茶店に入り、『週刊現在』

の編集部へ電話を入れ、平田を呼び出した。

「平田か？　澤井だ。そこではあまり突っ込んだ話ができない。気づかれないように、エトワールまで出てこられるか？」

「はい、わかりました。少し待っててもらえますか？」

「ああ」


十五分後、平田は喫茶店エトワールに姿を現した。

「呼び出してすまなかったな」

「いえ」

トレイに水の入ったグラスとおしぼりを載せて席を訪れたウェイトレスに向かって、さも、早く追い払いたいんだと言わんばかりに、

「コーヒー」

と平田の意向も聞かず注文すると、澤井は切り出した。

「さっそくだけど、高木のスクープについて何か知ってることはあるか？」

「いいえ、ただ、天地がひっくり返るほどの騒ぎが起きるって言ってましたから、今から考えると相当でかいネタだったんだと思います。残念ながら、それがどんなことなのかは教えてもらえませんでした」

「そうか。ところで、高木はどこからそのネタを仕入れたのかな。最近高木に変わったところはなかったか？　誰かと会ったりしてなかったか？」

「うーん……」

平田は少し考えるような表情を浮かべ、何かを必死に思い出そうとしているようだった。が、しばらくすると澤井のほうに目を向け、答えた。

「いいえ、気がつきませんでした」

「そうか。……高木はたぶん、何か触れてはいけないものに触れたんだ。そしてそのことで消された。パソコンがいじられ内容が消されたことでそれは間違いない。ただ、編集部内に入り込んでパソコンを操作できるってことは、内部に犯人がいるか、少なくとも、犯人に通じる者がいる可能性が大だ。だから、あの場ではあれ以上言及せず、君を外に呼び出した。

このままでは高木のデータはもう日の目を見ることはないだろうな。高木自身の原稿は抹殺されてしまったんだろう。恐らく資料も全部だ。でも、その元になった情報源はあるはずだ。俺とお前でそれを探そう。もっとも、それも始末されていたらお手上げだがな」

「わかりました。内密に少し調べてみます」

「ああ、そうしてくれ。他の奴らには気取られるなよ。それと、警察の動きにも気をつけていてくれ。……お前も用心しろよ」

「わかりました。澤井さんも気をつけて」

平田はちょうど運ばれてきたコーヒーを、水のコップに浮かんでいる氷を入れて冷まし、急いで飲み干すと、緊張した面持ちで喫茶店を出て行った。

澤井は平田が出て行った後、冷めたコーヒーを啜りながら、高木の残された情報のありかについて考えを巡らせた。

(高木、何を摑んだ? それによってお前が消されるほどやばいものなら、お前はきっと保険を掛けてるよな。自分のパソコンやフロッピーの他に。まあ、いいさ。俺がきっとお前のネタに日の目を見せてやる。弔い合戦だ)

澤井は高木の身になって、彼ならしたであろうことを想像した。

(いったいどこだ?……どこに隠したんだ?……考えろ、考えるんだ)


深夜、当番の者しかいない時間に澤井は『週刊現在』の編集部を再び訪ねた。

(徹夜で原稿を仕上げたらしい高木が、その原稿を保存するならまずフロッピーディスクだろう。フロッピーに原稿と、元になった資料全てを記録し、どこか適当な場所にそのフロッピーを隠すはずだ。そして、姿を消すまでの一、二日で調達できる適当な隠し場所は……)

澤井が『週刊現在』の編集部を訪れたのは、短期間で高木が記事や資料を隠すなら、やはり編集部しかないはずだ、と踏んだからだ。

「よお、ご苦労さん。差し入れ持ってきたぞ」

その日の当番は澤井や高木と同期の男だった。

「珍しいな。こんな遅くに古巣の編集部に顔を出すなんて。高木か？」

「ああ。人変だったたな。その後何か進展はあったたか？」

「いや、警察発表もあれ以来、目新しいものはない。高木は気の毒だった」

「ああ。同期のあいつとはよくぶつかったけど、高木の存在は励みになったよ。部署は違っても同じ報道に携わる者として、通じるものが多かった。一人で通夜をと思ってビールを買ったんだが、どうにもやりきれなくてね。付き合ってくれないか？」

「そうだな。俺もお相伴させてもらうよ。グラスをとってくる」

当直の編集部員が湯沸室に消えた間、澤井は編集部内をぐるっと見渡した。あれこれ考えて、もしやと考えついた隠し場所は、福袋と言われたキャビネットの引き出しだった。澤井は例の引き出しに近づき、中を探った。

（あった。これだな）

S・Tとイニシャルの入ったフロッピーディスクを見つけた。昔はよくこうして、没にはなったものの未練の残るネタを少しの間ここに保管したものだった。今の編集部ではそんな習慣はないのかもしれないが、そのフロッピーディスクを見た時、澤井は高木の声を聞いたような気がした。

（澤井、頼むぞ。これだ、これがネタだ）

澤井は気づかれないようにフロッピーを取り出すと、ポケットに入れ、ちょうど湯沸室からグラスと乾物を入れた皿を持って戻ってきた編集部員と少しだけビールを呑んで、自分の部署に戻り、帰り支度を始めた。

（会社でフロッピーを見るのは危険だな。家に持ち帰って調べてみよう）


澤井は地下鉄を乗り継いで家に帰った。

八

澤井のマンションの一室。

（さあ、何が出てくるんだ？　高木。俺をびっくりさせてみろ）

コンピューターを立ち上げ、フロッピーを挿入し、中身を確かめた。

フロッピーには高木の書いた記事の原稿と、その元になった資料、すなわち、金銭の出入りを記録した詳細なメモ、人物の肩書きやそれぞれの相関図も記録してあった。

記事の草稿を読んでからしばらく資料に目を通して金の流れを把握し、記載された内容に矛盾のないことを確かめた。そして、記事に誤りのないことを確信した。

政治部にいる澤井には、フロッピーに記された人名と数字を見ただけでピンとくるものがあった。

(これか。ODAを介した政府要人と企業、アジアをはじめとする開発途上国首脳と政府要人の間の贈収賄事件だな。これなら、一週刊誌の記者の命なんか紙屑以下の扱いになるだろうな)

(だいたいの構図は摑めた)

一昨年五月、ODA関連のインドネシアのダム工事が発注された時、受注したゼネコンのS組は手数料として落札額の五パーセントを第一興殖銀行のTATCの口座に振り込む。ゼネコンとTATCは通常の取引があってもなんの不思議もない企業だ。同時に賄賂担当の開発部長榊一太の口座に十パーセントの振り込み。その後、そこから三パーセントが担当官僚である外務事務次官藤堂俊輔の愛人の堀川総子の経営する人材派遣会社へ、五パーセントが建設族の代議士後藤和臣の後援会、和山会に振り込まれた。つまり、TATCが仲介手数料の五パーセント、便宜を図った官僚が三パーセント、建設族代議士が五パーセント、賄賂を受け取ったということだ。残りの二パーセントはさらによくわからない団体に振り込まれている。

(他のも似たりよったりの手口だな。……)

「このよくわからない団体はなんだろう。宗教法人のような名前だが。人足集めや、現地住民との折衝のため、平たく言えば住民とトラブルがあった時、恫喝によって状況を収拾《しゅうしゅう》する役目を担うための右翼団体やヤクザ組織という可能性もあるな。……それにしてもこのまま下手に公表はできない。公表まで情報が漏れないように、邪魔が入らないように、そして、公表されたら反論できないように、がっちり裏を取って外堀を埋めなくてはならない。公表まで慎重のうえにも慎重を期する必要があるな。さて……」

澤井は今後の展開について考えを巡らせた。

（このフロッピーにある資料は、過去三年に及ぶ。ここに記載されていることが全て公にされると、一大疑獄事件が巻き起こるだろう。とすると、高木はやはり消されたんだな。ということは、この記事ができかけていること、それなりの資料が存在していることを敵は把握しているということだ。ん？　記事ができた頃を見計らったように高木は消された。敵はどうやって高木の記事の存在を知った？　平田の話や同僚の反応から、社内にもこの記事のことを知っているものはいないようだった。……本当にそうか？　記事を書く時はデスクと相談するだろう？　少なくとも記事が出来上がった時には掲載を願い出て、編集長に目を通してもらうはず。記者たるもの、スクープに近い記事をものにしたら、一刻も早く活字にして自分の記事に日の目を見せたいと思うはずだ。平田の言ってた徹夜で仕事をした日に記事を仕上げたとすると、その日の朝出勤してきた編集長を捕まえて談判しただろう。編集長は知ってたはずだ。……ん？　すると田嶋編集長は記事を握りつぶし、しかもその情報を敵に流したということになるのか？……まさか！）

澤井の思考はそこでしばらく堂々巡りを始めた。

やがて空も白む頃、澤井は一つの結論に達した。

（田嶋編集長には敵方と通じている明らかな疑いがある。よって、この記事と証拠の記録が俺の手にあるということは、発表まで決して田嶋編集長に気取られてはならない。つまり、この記事の『週刊現在』での発表は望めないということだ）

澤井はまず、高木の情報源をあたることにした。

（あの詳細な金銭出納の記録はどこからの情報なのか。高木はどうやってその情報源と接触できたのか。そこから裏取りを始めなくてはならない。だが、事態がこうなっては、高木が秘密裏に単独行動していたことが裏目に出たな）

翌日、澤井は、高木のデスク周りをもう一度チェックするために再び『週刊現在』の編集部を訪れた。

週刊誌の編集部は、売れそうなネタを仕込み、毎週の記事の取材から原稿の作成と推敲、誌面構成と締め切りに追われ、さながら戦場のようなところだ。記者の一人が死んだところで、ゆっくり感傷に浸っている暇はない。

澤井の踏んだ通り、週刊現在の編集部に高木の机はまだあった。高木の突然いなくなった穴を埋めるだけで手一杯なのか、高木のいなくなった現実が受け入れ難いためか、高木のデスク周りは片付けられもせず生前使っていた時のままに残されていた。編集部の人間には澤井の訪室を気に留めるものもいなかった。それでもできるだけ目立たぬように、さりげなく高木のデスクを調べた。

几帳面な高木らしく、彼のデスクは記者、編集者としては珍しく整理整頓されていた。デスクの上には辞書類を立てかけたブックエンドがあり、残されたデスクの余白には資料や最新の雑誌が丹念に重ねてあった。

（どこだ？）

高木のデスクを見回し、デスク上に積み上げられた雑誌に重ねられた東京都の地図に目が留まった。

記者は取材の際、あるいは、情報提供者と会合する際など、見知らぬ土地や建物、指定された建物などへ出向かなければならないことがあり、そのたびによく地図を使うのだ。

澤井はその地図を手に取り、中でも真新しい付箋の付いたページを開いた。そこは、渋谷の繁華街を少し外れたいわゆるラブホテル街と言われる一画を中心に載せた一戸一戸の詳細がわかる拡大ページだった。そのページの真ん中よりやや左下の方に赤い丸で囲んだホテルがあった。

（これだ）

澤井の記者としての勘が間違いないと告げていた。

（高木はここへ行った。ここで情報提供者と会ったのか……。いずれにしろ情報と関係のある場所だろう）

他に情報源について何も手がかりがない以上、ここから当たるしかなかった。澤井は地図をもって『週刊現在』の編集部を出、地図にあったホテルへ向かった。

（不用意に近づくのは危険だ。高木が消された以上、その情報提供者も狙われているだろう。まだ無事でいる保証もない。また、高木が訪れたらしいホテルへ行ったからといって、その情報提供者に会えるわけではない。たまたまそこを指定したのか、そのホテルの常連なのか、経営者や従業員の可能性もある。相手は男か女かも、ましてどんな素性の人間かもわからないのだから。

ただ、明らかに金融関係から漏れたと思われる資料を手に入れられる立場にいる者ということは言える。常識的に考えれば当該金融機関の職員か、その職員に接触した者か。今までの例からすれば、会社の経理担当か銀行職員の単独あるいは紐付きの内部告発、というのが一番ありそうなシナリオだろう）

＊

杏子はテレビで思いもしなかったニュースに触れた。高木が都内の公園の公衆トイレ内で首を吊った姿で発見されたのだ。

〃……先日、渋谷区内の公園の公衆トイレで首を吊った状態で発見された男性の身元が、都内に住む文談社勤務、『週刊現在』の編集部記者、高木惣一郎さん、三十八歳と判明しました。警察は自殺と他殺の両面から捜査を進めており、関係者から高木さんの交友関係などについて事情聴取を行なうとともに、付近の住民などから不審人物の目撃情報などについて聞き込み調査を行なっています。……続いて、今日の特集……〃

（……そんな……。自殺なんかする人には見えなかった。だったらなぜ……消された？　……。高木さんの記事はどうなるのだろう。持っていた資料は？）

杏子にははっきりわかった。彼らは何でもする。自分たちに不利益になるものはどんなものでも、どんな手段を使ってでも排除する。高木も恐らく彼らの毒牙にかかってしまったのだろう。

杏子は腹を括った。もう誰も助けてはくれない。助けてくれる者は一人もいない。

翌日、文談社に電話を入れた。担当デスクに繋いでもらい、高木の記事のことを訊いた。

「高木さんの記事はどうなるんでしょう？」

「どの記事のことですか？」

「最近彼が追っていたものです。話は通してあるということでしたが」

「いろいろな企画を抱えてますから。その時々の旬の記事を、記事の出来不出来に応じて掲載を決めます」

「内容はご存知ですよね」

「部外者の方にはなんともお答えしかねます」

「高木さんは殺されたんですよね。警察に事情の説明などはしないのですか？」

「警察は自殺と言っている。他殺だとは聞いていません。どちらにしろ警察は十分な捜査をしてくれると思いますよ。我々が口を出すことじゃない」

「そんな……。高木さんは自殺するような人ではないでしょう？　書こうとしていた記事の内容のために殺されたんだと思います。なんとかしてあげないんですか？」

「失礼ですが、高木とはどんなご関係ですか？」

「……と、友達です」

「それなら、親族でもないあなたにできることは、あまり多くはないように思いますが」

杏子には何もできないのか。記事の元になったほとんどの資料を高木に渡したのは杏子なのに。それを、申し出ることは杏子にはできない。それに、杏子は警察に顔を出せるような立場ではないのだ。何かできるくらいなら頼んだりしない。とっくにやっている。そう心の中で叫び、悔しさと自分自身に対する腹立たしさを感じながら電話を切るしかなかった。向こうも杏子には何もできないのを承知でそう言っているのだ。会社としては、もはや高木とは一切関わりたくない、リスクは避けたい、ということなのだろう。


編集担当デスクなら、記事の内容のあらましは知っているはずだ。相当にインパクトのある記事であることも。だが、そんなことは曖気《おくび》にも出さず、つれない答えだった。圧力がかかっていることは明らかだった。

このままでは高木の死は自殺として処理され、真実は闇に葬られる。敵は高木を文字通り抹殺したのだ。なんとかしなければ。だが、杏子に何ができる？　自身の身も危ない杏子に他人《ひと》を助けられるのか？

九

渋谷の駅前はいつでも人が溢れている。どこから湧いてくるのだろう。さまざまな格好のさまざまな種類の人間が蟻のように次から次に四方八方から押し寄せ、同じように四方八方へ群れをなして移動している。

澤井は地図で確かめたホテルのほうへ向かった。

だいたいの見当はついている。ただ、直接乗り込むべきか、まだ迷っていた。縦横から押し寄せる人波に逆らって渋谷の緩い坂道に沿った繁華街を抜け、小路を何回か左右に曲がり、目指すホテルに近づいた。人通りも少なくなったところで足取りを緩め、尾行の有無の確認も含め、少し辺りに気を配った。

ほんの三〇〇メートルほど先に目指すホテルの看板が見えた。すぐには傍まで行かずに少し立ち止まり、不自然に見えないように煙草に火を点けた。煙を吐き出すついでに空を見上げているかのように装いホテルのほうへ視線を送った。

（いた！）

ホテルのやや手前の路肩に変哲のないシルバーグレイの中型のセダンが止まっている。それだけでは別に不思議ではないが、澤井の目を引いたのは中にいる人間の様子だった。

窮屈そうに真昼間から大の大人が二人、ダークスーツを着て、運転席と助手席に並んで座っている。見たところエンジンもかかっていない。これは完璧に警察の張り込みのスタイルだ。

（警察が張ってる。ということは、あのホテルに尾行の対象者がいる。間違いない。高木は間違いなくあのホテルを訪れ、情報を受け取った。そして、その情報提供者もあのホテルにいる。警察の張り込みが付くことからすると、たまたま訪れる客ではなく、常時そこにいる、すなわち、経営者か少なくとも従業員ということだ。……まず人物を特定しないことには手も足も出ないな）

澤井は顔も名前も性別さえわからない情報提供者と話す方法を思案した。

（こっちも張り込みのプロだ、こっちのやり方で警察を利用させてもらう。尾行の対象者が動けば、あの車は対象者を尾行る《つけ》はずだ。尾行が始まったら対象者の顔をしっかり覚え、こっちも対象者を尾行させてもらう。あわよくば対象者から話を聞き出す。法律の制約がない分、こっちのほうが早く接触できるかもしれない）

そう段取りをすると澤井は、セダンの手前の小路を何食わぬ顔で右折し、セダンの視界から身を隠した。そこからは車もホテルの通用口も両方監視できた。張り込みを続ける間、澤井は頭の中でさまざまなケースを考え、それらへの対処のシミュレーションを繰り返した。

午後の日差しが西に傾きかけていた。身を隠している電信柱から時々路肩に駐車中のセダンの様子を窺い、時間を確かめていた澤井の表情に緊張が走った。

（来た！）

通用口から、少し薹《とう》が立った痩せぎすの女が出てくると、まもなくセダンがそろそろと移動を始めた。

（一日目でヒットするのは運がいい。高木が手を貸してくれたか？）

セダンが目の前を通り過ぎるのを待って、澤井は通りへ出た。セダンの一〇〇メートルほど先に女が歩いている。先刻まで澤井が張り込みをしていた小路と交差する通りを駅方向へ向かっている。

澤井は、女のあとを尾行《つけ》ながら思った。

（いかにもって感じの女だな。祥《さち》薄そうで、儚げで。だが、ここぞという時には一歩も引かないぞ、というような。……たぶん、この女だな。高木に情報を渡したのは）

セダンは明らかに尾行をしていた。尾行の車にも、女にも気取られないように澤井は女の尾行を続けた。

（女は車の尾行に気づいてないのか？）

時々辺りを気にするような素振りは見せるが、特に尾行をまこうという気もないようだった。

女はそのまま渋谷駅に吸い込まれていった。見失わないように間合いをつめて澤井は尾行を続けた。セダンはいつの間にか姿を消している。

（電車となっては車の尾行は用をなさない。たぶん助手席の男が車を降りて尾行を続けているのだろう）

澤井はそう考え、他の尾行者の存在にも気を配った。

ダークスーツの男が女の尾行を続けていた。

いくつかの駅を過ごし、都内でも有数の乗降客を誇る駅で女が私鉄の急行快速に乗り換えると、男も女に続いて乗り換えた。

女はスーツの男と澤井を従え三つ目の駅で各駅停車に乗り換え、そこから二つ戻った駅で電車を降りた。駅から少し坂になった道を十五分ほど歩いて、年季の入った木造モルタルアパートの二階の部屋に吸い込まれた。

男は道路の隅で気配を消した。


澤井も電車の中で女に視線を向ける怪しい動きの男を見極め、男と女両方に気づかれないよう女のアパートまで辿り着いている。

（尾行の男にも気づかれず、女に接触するには……）

澤井は、高木の情報提供者と思しき人物の勤務先と自宅を突き止めたことで、一定の成果が得られたとし、今日のところはひとまず撤退、作戦を練り直して出直すことにした。

＊

澤井は社に帰るとその日一日にあった伝言や翌日の仕事のスケジュールなどをチェックし、急ぎの原稿に目を通し、アシスタントの女性にいくつか指示を与えた。

デスクに着いていると、周りの喧騒がかえって思考のＢＧＭとなり、良い考えが閃きそうだ。

（高木のネタを『週刊現在』に載せることは無理だ。そもそもうちの社では不可能だろう。このネタを記事として発表してくれる媒体を探さないといけない）

「そうだ、岸本さんだ！」

澤井は思わず声に出していた。

岸本は、弱小ながら鋭い切り口で世相を断じ、読み応えのある記事を書くマイナー紙『首都日報』の編集者で、澤井の大学の三年先輩だった。そのよしみで以前、大手のマスコミの利点を使って、岸本の取材の便宜を図ってやったことがある。そのことを恩義に感じている岸本なら澤井の頼みに耳を貸してくれるはずだ。しかも、このネタは『首都日報』のポリシーに合致した報道意義の高いネタなはずだ。

マイナーなマスコミは体制に与える影響が少ないと高をくくられているためか、大手企業などとのスポンサー契約がないためか、報道規制や水面下での出版差し止めといったような圧力を受けることは大手ほど多くはない。大手のスポンサーを得られないからマイナーなのだが、スポンサーがないことで、どこからも圧力を受けず、率直な記事を載せられる。そのため、マイナーに見えてかえってそういう極小新聞などのほうがマニアックな読者がいたり、結構その筋に精通した者が目を通したりしているのだ。

澤井は岸本を通じてその『首都日報』に高木のネタを載せてもらう手立てを講じることにした。

十

「よう、珍しいな、そっちから電話をくれるなんて。あれ以来だから、三年半くらいか？　あん時は世話になったな」

岸本は澤井の電話に豪快に答えた。彼はいつも少し出っ張った腹を揺すりながら、やや浅黒く日焼けし、無精髭の伸びた顔をくしゃくしゃにして屈託なく話す。

「いやあ、とんでもない。相変わらず舌鋒鋭くやってますね」

「なんとかな。で、なんだい今日は？　そうか、お宅の高木君のことか。大変だったな。自殺するような奴には見えなかったがなあ」

「ええ。それもそうですが、今日の話は、その高木が追ってたネタのことなんです」

「とすれば、例のあれだな、敵さんの気に障るネタを摑んじまって、見せしめに消されたってことなのか？」

「察しが早いですね。どうも虎の尾を踏んじまったらしい」

「ふむ。それで俺のところに電話してきたってことは、お前んところではそのネタを記事にできない。だから俺んところでなんとか料理してくれってことか？」

「ええ」

「そっちで捌けない理由は何だ？」

「それは勘弁してください。ただ、ネタは本物で、ネタ元もほぼ割れています」

「一度見せてくれるか？」

「もちろんです。ただ、高木のことを見てわかると思いますが、かなりやばいネタです。それでもいいですか？」

「バカ野郎。何年これで飯食ってきたと思ってるんだ。そんなことは百も承知だよ」

「そうくると思ってました。今夜、久しぶりに『華』でどうですか？　その時あらましを話します。資料ごとネタを譲りますよ」

「わかった。じゃ、そん時に」

澤井は会社近くの公衆電話からかけた電話を切った。何事も用心が肝要だ。

（岸本さんなら書いてくれるだろう。そうすれば、間違いなく見識のある人たちの目に触れるはずだ）

会社に戻り、手早く日常の業務をこなした。さして大きな事件もなく、当たり障りのないその日の記事を校了した。

『華』は中年の女将が一人で切り盛りする小料理屋で、派手さはないが、酒呑みの口に合う、懐かしい味のする肴を出してくれる店だった。カウンターが主だが、小上がりが一席あり、そこはL字のカウンターを回り込んだ先になり、他の客からは死角になっていた。岸本との電話の後、澤井は仕込みのために女将が店に出る頃合いを見計らって『華』に電話をし、小上がりを予約しておいたのだった。ここの女将は五十絡みで、とびきりの美人というわけではないが、愛嬌があり、体型はややふっくらとして、どことなく母親を連想させる。癒し系の小奇麗な女で、よけいな口をきかず、と言って必要な時にはちゃんと控えている、というような、よく気がつく口の堅い女性だった。だから、澤井は仕事上の込み入った話を気兼ねなくしたい時にはよく『華』を使った。

「あら、いらっしゃい。お連れさんはまだよ」

暖簾をくぐりながら引き戸を開けると、カウンターの向こうから女将が柔らかな笑顔とともに声をかける。

「ああ。まず、生をもらおうかな。奥でいいよね」

「はいはい。準備しときましたよ」

座敷に上がると、澤井はおしぼりで顔と手を拭い、胡座をかいた。まもなくお通しと生ビールのジョッキを盆に載せた女将が顔を出した。

「ありがとう。あと、適当に見繕って運んでくれ。二人分な」

「はいはい。お連れさんの飲み物はその方が見えてからですね」

澤井より十五分ほど遅れて岸本も姿を見せた。女将が目顔で示すと岸本は勝手を知ったように小上がりへ向かい、澤井の待つ部屋の戸を開けた。

「呼びつけて申しわけない」

「なんの。ネタがもらえるんじゃむしろありがたいよ。見返りはいらないのか?」

「お互い様です。書いてもらえるだけでいい。こんな仕事してたら、そのうち、こっちが助けてもらうこともあるでしょうから」

そこへ、おしぼりとお通しを運んで女将が来た。

「岸本さんも生でいいですか?」

「ああ、とりあえず、な」

「俺も生、もう一つ」

「はいはい」

女将はわけ知り顔で部屋を出て行った。


女将が生ビールのジョッキ二つと肴を運んできて、テーブルに並べて出て行くのを待って岸本が口を開いた。

「で、さっそくだがネタは何だ?」

澤井は声をひそめた。

「ODA絡みの贈収賄。東南アジアの国々と日本の政府間、及び族議員、ゼネコン、大手商社、建設資材、鉄鋼関連の会社、政治家のファミリー企業、その他もろもろ」

「ふん。面白そうだな。記者一人が闇に葬られるには十分だ」

澤井は資料を示しながら全容を説明した。岸本は黙って説明が終わるのを待って煙草に火を点けた。

「で？　情報源の裏はほぼ取れたってのはどういうこった？」

「高木が恐らくネタを仕入れたであろう相手と思しき人間の目星はついたが、まだ実際に話してみたわけじゃない」

「そいつで間違いないんだな？」

「ああ、九分九厘」

「よし、じゃあ、そっちをなんとかしてくれ。一〇〇パーセント裏が取れたらうちで記事にする」

「ありがとう。恩に着ます」

「ところで、このネタの存在について知ってる奴はどれくらいいる？」

「実際の中身を知ってるのは、ネタ元と、死んだ高木。中身は知らないが大きなネタがあったらしいと知ってるのは『週刊現在』編集部の平田。もともと、高木が大きなネタを摑んでたらしいってのは、この平田の話から出たことなんだ」

「そうかい。じゃ、そのまま隠密裏に頼むぜ」

「もちろんです。ただ、もう一人、『週刊現在』の編集長も記事の内容を知っていた節がある」

「何？　知ってて握りつぶしたのか？」

「そこから敵に情報が漏れた可能性が高い」

「それが、お前さんのところで捌けない理由か？」

「ああ。恥ずかしながら。だから、岸本さんも身辺に気をつけてください」

「まあ、こちとら、やばい橋は年がら年中でね」

「だとしても、です」

「わかってるよ。お前もな」

岸本は快活に笑って答えた。

その後二～三時間、澤井と岸本は近況を語り、昨今の政財界の腐敗を肴に酒を呑み、それぞれの居場所へ向かって別れた。

*

翌日、澤井は部署の人間にことわって、朝から外回りに出た。

昨日女の降りた駅まで行き、改札を出ると帰りの分の渋谷までの切符を予め買った。女が出勤のため駅に向かう道筋の途中で、女のアパートが遠目に見える場所まで行くと歩みを止め、もう一度、周囲に不審な者がいないか確かめた。

（いた。昨日のセダンだ。だいたい奴ら何者なんだ？　警察か公安の類だとは思うが。彼女が贈収賄に絡んで捜査対象になっているということか？　だが、贈収賄に直接関わってそうな女じゃない。質素すぎる。ならば何だ？　情報漏洩の疑いで捜査されているのか？）

午後二時過ぎ、アパートの部屋から女が出てきた。駅へ向かう途中、澤井の目の前を通り過ぎるのを待って、澤井も駅へ向かった。

一定の距離を置きながら、辺りに他の尾行がいないことを確かめつつ、女の後を追った。改札を通る女の後を追い澤井も改札を通った。ホームでは彼女を視野に収め電車を待った。澤井の他には尾行をしている者の姿はないようだった。女が駅方面へ向かったのを確認し、例のセダンは勤め先のホテルへ先回りしたのだろう。

やがて新宿方面へ向かう電車が入線し、女が乗り込むのを確認して、澤井も女の乗り込んだ隣の車両に乗り込んだ。

電車の中でも尾行の有無を確認し、おもむろに女の傍に寄っていった。

女は乗降口の手擦りに体を預けるようにして立っていた。

澤井は電車のドアの窓から外を流れる風景を見ている風を装いながら、次の駅が近づいてきた時、女だけに聞こえるように言った。

「高木を知ってるね？」

女がびくっとした気配を認めるとすかさず言った。

「こっちを見ないで。知らん振りをして聞いてくれ。私は澤井といいます。高木とは同期で同じ社の『現代経済』にいます。記事のことで話したい。連絡ください。ただし、ホテルの電話は使わないで」

それだけ言うとちょうどホームに滑り込んだ電車のドアが開き、澤井は電車を降りた。

（種は蒔いた。後は連絡が来るのを待つだけだ。彼女は絶対連絡してくる）

澤井は駅を出てタクシーを拾い、社に帰った。

午後五時過ぎ、澤井のデスクの電話が鳴った。外線だった。

「もしもし？」

「はい、澤井です」

「先ほど電車で……」

「あ、はいはい。私です」

「私は佐藤といいます。高木さん、亡くなられたんですよね。記事のせいでしょうか」

「たぶんそうだと思います」

「亡くなる前、最後にお会いした時、すぐに記事にはならないことになったけれど、絶対なんとか方法を考えて発表するとおっしゃってました」

「なるほど。そのことで少しお話しできますか？　どこかで。あなたが普段立ち寄るようなところでないほうがいい。あなたは常に監視されている」

「そうですね。尾行には気がついていました」

「高木とはどこで会ったのですか？」

「初めての時は、私の勤めているホテルまで来ていただきました」

「客として？」

「ええ、まあ。ただ、お一人でした」

「そうですか。ラブホに一人はやはり目立ちますね。特に人の出入りの監視が行なわれている場合には、不審を抱かれ身元の調査くらいはされるでしょうね」

「私のせいですね」

「いや、彼もジャーナリストです。真実報道の前には大きな危険が立ちはだかるのは承知していたはずです。それでも報道しなければならないと思った。そういうことです。彼の志を無駄にしないことのほうが大切です」

「そう言っていただけると少し救われます」

「さて、一度お会いしないといけない」

「はい」

「人に見られず話をするためにはやはり個室がいいですね。それも尾行のないところで」

しばらく澤井は考えていたが、やがて意を決したように言った。

「やはり、あなたの勤めるホテルにしましょう。ただし今度は、私は彼女を連れて普通の客に見えるようにして行きます。そのうえであなたに部屋にきてもらう。この電話でもホテル名は言わないでください。こちらで調べてありますから。内線電話も使わないほうがいい」

「わかりました。その時間にフロントにいます。入室後十五分ほどして伺います」

「では、九時頃でどうですか」

「結構です。一〇七号室を選ぶようにしてください。それまでその部屋が塞がらないようにしておきます。私はその時間フロントにいて到着を確認できるようにしますから。どうか、よろしくお願いします。お気をつけて」

「ありがとう。では、後ほど」

＊

渋谷。

いつものように人で溢れた駅前。ハチ公像の見える出口で冴子と待ち合わせた。

午後七時。銀座線乗り場のほうから階段を下って冴子は姿を現した。勤務が終わって駆けつけた冴子は空腹なはずだ。

「珍しいわね。平日のこんな時間に呼び出すなんて。今日は運良く当直でもなかったし、病棟も落ち着いてた。出がけに急患もなかったし。普通ならとても無理だわね」

「急で悪かったたな」

「あら、そんな意味で言ったんじゃないわ。都合がついて良かったって言ってるのよ」

「ああ。わかってるよ。さて、何か食おうか」

「そうね。お腹ぺこぺこ」

冴子とは高校が同級だった。それ以来の腐れ縁で、付いたり離れたり、長い付き合いだった。現在は都立病院の内科医をしている冴子は、ちょうど仕事に脂が乗っている時期らしく、すんなり家庭に入る雰囲気ではない。まあ、そう考えているのは、そう思いたい自分だけなのかもしれなかったが……。

食事が済んだ後、澤井は冴子に言った。

「もう一軒付き合ってくれないか?」

「いいわよ。どこ行くの?」

「ラブホ」

「え?」

思わず冴子は顔を赤らめた。その表情を見て澤井はあわてて言葉を継いだ。

「そんなんじゃない。取材だ」

「なあんだ、そうよね。今さら何考えてるんだ、って思って一瞬焦っちゃったじゃない」

冴子はそれでもまんざらでもない様子でクスッと笑った。

「それはまたご挨拶だな」

澤井は冴子と連れ立って道玄坂を登り、登りきる手前の小路を曲がってホテル街へ入っていった。時計を見ると八時五十分だった。

周囲に目を配り、いつものセダンがいることを目の端に入れ、目指すホテルの入り口を入った。自動販売機のような機械があり、いくつかに区切られたフロントパネルには、それぞれ部屋の写真が映し出され、気に入った部屋を選んで下部にあるボタンを押すとキイが出てくる仕組みだった。

杏子に言われていた通り、予約済みの表示のある一〇七号室と書かれた部屋を選び、ボタンを押し、取り出し口に落ちてきた鍵を拾うと、そばにある小さな窓口に鍵が見えるように差し出した。

本来は機械表示で客が部屋に入ったことはわかるので、そのまま鍵を持って部屋に向かえば済むのだが、佐藤と名乗る女性に自分が到着したことと、部屋を確認させるためにしたことだった。それから澤井は冴子と二人で部屋に入った。

打ち合わせ通り、五分ほどして佐藤と名乗る女は部屋に現れた。

「佐藤です。わざわざすみません」

「いや。こちらこそ。文談社の澤井といいます」

澤井はあえて名刺は渡さず、傍らにいる冴子を指して

「こいつは、心配いりません。いわば内縁の妻ってやつですから」

その言葉を聞いた冴子の瞳が、杏子には一瞬輝きを増したように見えた。

「さっそくですが、高木と会った経緯、記事のあらまし、情報の出どころなどを話していただけま

すか」

　杏子は手に入れた資料の内容と高木と出会った経緯、その後の高木との接触を、その時持参した資料とともに詳しく話した。もちろん、青函連絡船上で資料を手に入れた本当の経緯、新藤洋子の名前、杏子の本名などは伏せたままだが。

「これは、高木がもともと追っていたネタなんですね？」

「高木さんはＯＤＡ絡みの汚職を追及している過程で当該銀行の経理の女性から数回連絡を受け、帳簿のコピーの一部を渡され、残りの詳細についてのヒントをもらっていたそうです。高木さんが自分で収集した情報と私の持っていた情報を突き合わせて、記事はほぼ仕上がっていました。でも、高木さんが、あんなことになってしまうなんて……。

　編集部に聞くと、記事の掲載の話はないといいます。なんらかの圧力があったとも考えられます。実際私も車に撥ねられそうになったり、車に連れ込まれそうになったりしました。車に連れ込まれる直前に高木さんに助けていただいたのです。それが出会いです」

「にわかには信じがたいが、高木に起こったことを考えれば、その記事が発表されれば都合の悪い人間が彼を抹殺したり、あなたに危害を加えたという話にはかなり信憑性がある。あなたが身の危険を感じる理由は何ですか？　襲われそうになる理由は？　察するにあなたが銀行の情報源ですか？」

「……ある意味、そうです。ある経緯から銀行の資料を不正に入手しました」

「金銭出納簿のコピーやその他の資料を見せていただけますか？」

「そうですよね。もちろんです。そのうえで判断していただいて結構ですが、ただし今、全部をお見せすることはできません。一部です」

「もちろん一部で結構です」

「わかりました」

杏子は持参した洋子のノートのコピーの一部——連絡船上で拾った茶封筒の中身——を見せ、高木が杏子にしてくれたような説明を試みた。一通り彼女の説明を聞いた澤井は、高木のフロッピーにあった資料とこの女性の持つ資料とが同じものであり、彼女の話には矛盾がなく、従って高木の書いた記事が事実であることを確信した。

「もう一度お尋ねします。この帳簿のコピーは間違いなく本物ですね？」

「そうです。私が襲われたことと、高木さんの身に起こったことがそれを証明していませんか？」

「うーん。高木が亡くなったのは事実だが、貴女が襲われたことを裏付けるものは、何もない。それから、あなたがこれらの資料を手に入れた経緯もはっきりしない」

「ご不審はごもっともです。ですが、資料の信憑性を信じていただくしかありません。また、資料入手の経緯については、今は話せません。それで納得していただくしかありません」

「う～ん」

澤井はまたも低く唸り声を上げるとしばらく天井を見上げた。ノートの内容と杏子の話の信憑性を吟味し、スクープとガセネタであった場合のリスクを天秤にかけ、さらに、このネタが真実でありスクープに成功したとしても、そのことと、その結果雑誌や澤井たちスタッフに及ぶリスクとを天秤にかけているようだった。

その間杏子は一言も発しなかった。スクープを取るか、リスクを避けるのか、澤井にじっくり考え、選択してもらうためだ。

十五分ほど経った頃、澤井はおもむろに口を開いた。

「わかりました、記事にしましょう。ただし、その前に全ての資料と情報を預けていただきたい。私なりに再検討し、記事になるかどうか、見極めたい。いろいろな事実や証拠に齟齬がなければ、記事として発表できるようにします」

「よろしくお願いします。でも、一つ条件があります。記事ができた時、出版前に見せてください。僭越ながら、高木さんの意図が生かされているかどうか確認したいんです。それから、記者の署名に高木さんの名前も加えてください。彼が最後に命をかけて仕上げた記事だから」

「その条件で結構です。最後の記者署名の件については、多少困難があるかもしれませんが、できる限りご希望に沿えるよう努力します。それでよろしいですか?」

「最後にもう一つだけ。高木さんの死の真相を究明するためにお力をお貸しいただけないでしょうか?」

「そうですね。できるだけのことはしましょう」

「何から何まで本当にありがとうございます。それから、これは大事なことですが、この記事が公になるまでは、くれぐれも情報が漏れないようにお願いします。必要最小限の方たちの間で止めておいてください。どんな妨害があるかわかりませんから。記事のもみ消しや、あなたや会社にどんな危害が及ぶかわかりません」

「もちろんです。こちらとしても望むところです」


杏子の話に聞き入っている間にも、澤井は抜け目なくシガレットケースに仕込んだ隠しカメラで、必死に説明する杏子の写真を撮っていた。会話内容も密かに録音している。記者の習性というか、一種の保険のようなものだ。使う必要がなければ消去する。一方、何かのトラブル——たとえばガセネタの責任追及など——に巻き込まれた場合など、必要が生じた際には容赦なく公開する。

(ほぼ、俺の想像通りだな。銀行の出納記録の出どころは不明だが、全て辻褄が合っている。高木が記事になる一歩手前で殺されたのも頷ける)

「お話では、その銀行の出納記録の出どころははっきりしないが、真正なものでしょう。文談社に持ち込むのは高木の例を見ても記事にならないばかりか、非常に危険なことだと思われます。そこで僕は、マイナーではあるけれども気骨のある記事を書き、どこの色にも染まっていない、どこからも影響を受けないある新聞社の信頼のおける編集者に話を通しました。彼のところで記事にしてくれるそうです。それでいいですか？」

「はい。記事にして、公表していただけるなら、澤井さんにお任せします」

「わかりました。その資料いただいても？」

「どうぞ。原本は別に保管してあります」

「準備がいい。では、安全のために今後は極力連絡しません。いろいろな危険を考え、記事が載る予定の新聞名も、その記事を執筆する編集者の名もあえてお教えしません。全てが終わった後、改めてご連絡差し上げます。ギャラは私の独断で少しですがここにお持ちしました。それでよろしいですか？　それから、万一の時の連絡はこちらにするようにしてよろしいですか？」

「はい。よろしくお願いします。もしも、仕事や住所が変わるようなことがあっても、ここで連絡がつくようにしておきます。資料は新宿の▲▲郵便局の私書箱三八番に保管してあります。これが鍵です。取り出してお役に立ててください」

「恐縮です。必ず無駄にはしません」

「どうかお気をつけてくださいね」

「お互いに。それでは僕たちは、用心のため二時間ほど時間を潰してから帰ることにします」

「え？……あ、ごゆっくり」

初めてそこにいた皆の顔に笑みが浮かんだ。

ホテルに入って二時間。いつもとは違う雰囲気での逢瀬はまんざらでもなかった澤井と冴子はホテルを出、うつむき加減で足早に渋谷駅方向へ向かった。ラブホテルから出てくるカップルは概ね後ろめたさや気恥ずかしさを滲ませて足早に去っていく。だから、うつむき加減の澤井たちの足早の移動は全くありふれた普通の行動だった。たぶん、件のセダンで監視中の男たちも澤井たちにはなんの不審も抱かないはずだ。

「いわば内縁の妻ってやつですから、だって」

道玄坂の雑踏まで出てきたところで、澤井の左腕に自分の両腕を絡ませ、身を預けるようにして歩いていた冴子が口にした。

「不満か？」

「ううん。そんな風に思ってるんだって。……少し意外」

澤井は少しの間、渋谷のネオンに切り取られた夜空を見上げ、おもむろに言った。

「そろそろきちんとしようか」

冴子も察していたのだろう、澤井に潤んだ目を向けて答えた。

「そうね。嬉しいわ」

初夏の気配を帯び始めた夜風が火照った頰に心地よく、その夜は二人揃って澤井のマンションへ帰っていった。

＊

渋谷の、杏子が働いているホテルが臨める路上の、シルバーグレイのセダンの中。

「先輩、公園の首吊り死体、例の文談社の記者でしたよ。あの女が殺ったんですかね」

「まさか。あの女が記者を殺って、なんの得があるんだ？　厄介事を抱え込むだけだろう」

「秘密を握られたからとか？」

「あの女は自分から情報を漏らしたと思うよ。記事にさせるために。秘密を暴露してあの女を狙ってる奴らに一泡吹かそうとしたんだろうな、自分の身の安全のために。それに、もし、あの女が犯人だとして、女が男を吊るすってのは体力的にかなり無理があるだろう」

「なるほど」

「さて、そろそろ巨悪が動きだしたな。あんまりのんびりとは構えていられなくなったぞ」

十一

澤井には確かめておかなければならないことがあった。

それはあの資料の出どころだ。

あの資料にあった口座の写しと金銭の出入りの記録は、やはりどう考えても銀行内部の人間が持ち出したものだとするのが順当だろう。

あの記録を提供した者がまだ銀行内部にいるのか、すでにいないのか。

あるいは情報の持ち出しは本人の意思で行なったものなのか、誰かにそそのかされたか強要されたものなのか。

それらのことをはっきりさせる必要があった。

記事の真偽を問われた時、情報提供者がはっきり特定されないものは、証拠として甚だ心もとないことになりかねない。

その点、澤井は政治経済部門の雑誌の記者だ。政府の事業や大手ゼネコンの資金に関して、とかくの噂のある第一興殖銀行には、何度か取材に行き、その過程で顔馴染みになった行員もいる。少し鼻薬を嗅がせれば、なんらかの情報を得られる可能性はある。

澤井は電話口に第一興殖銀行の知己のある行員を呼び出した。

「もしもし、お電話替わりました、加賀谷でございます」

「おう、俺、澤井。久しぶり」

「ご無沙汰しておりました。今日はどういったご用件でしょうか?」

「うん。昔のよしみで旨いもんでも食おうかなと思って」

電話の向こうの加賀谷に少し警戒するような間が感じられたが、それも束の間、すぐにくだけた口調になった。

「またまたあ。澤井さんが旨いもの食おうという時には必ず何かあるんですよねえ」

「そんなこと言わないで。どうだ、今晩。ふぐ奢るぞ？」

「う～ん。どうしよっかなあ。澤井さんがご馳走してくれる時は後が怖いからなあ」

「そんなことないだろう。悪いようにはしてないはずだぜ」

数年前、第一興殖銀行が、さる地方都市における大規模再開発を巡って、大手ゼネコンと地方自治体、国会議員を巻き込んだ大掛かりな贈収賄疑惑に巻き込まれた際、銀行の首脳陣が、当時地方融資担当だった課長とその直属の部下であった加賀谷に責任を取らせ、蜥蜴の尻尾切りのような幕引きを図ろうとしたことがあった。だが、澤井の精力的な取材と暴露記事により、首脳陣の総入れ替えと、地方自治体首長、国会議員の辞職という本来の責任の所在に従った処分が下され、結果として加賀谷の馘首《くび》は免れたという経緯《いきさつ》があった。それ以来、加賀谷は澤井に心酔している。

「う～ん、仕方ないですね。澤井さんのお誘いは断れない。この前もずいぶんお世話になったし」

言葉とは裏腹に、まんざらでもなさそうな様子が電話からでも伝わってくる。

「よし、今晩八時『ふぐ新』だ」

「いつもお世話様です。では、後ほど」

加賀谷は急に仕事向きの言葉遣いになって電話を切った。

＊

新橋にあるふぐ専門の小料理屋『ふぐ新』は表通りから一本小路を入ったところにある。店構えは小さいが、味には定評がある。活きのいい若者——といっても四十少し手前くらいか——がカウンターで料理を仕切っているのもいい。

少し早めに着いた澤井は例によって生ビールを注文し、いい感じに辛子の効いたつきだしの烏賊ゲソと分葱《わけぎ》の辛子酢味噌和えをあてに呑んでいると、加賀谷が縄暖簾を分けて入ってきた。

「こんばんは」

「すまなかったね、急に」

「いいえ、旨いもんにつられるならいつでも大歓迎です」

「つきだしを食ってたら、そろそろポン酒にしたくなったが、君はどうする？」

「そうですね。ふぐはやっぱり日本酒でしょう」

「きまり。大将、鰭《ひれ》酒。後は鉄刺《てつさ》と、鉄ちり」

「あいよ。鉄刺、鉄ちり、鰭酒、お二人さん」

「へ～い」

大将が暖簾の奥の厨房に声をかけると若い衆の威勢の良い声が返ってきた。

加賀谷も、大将がカウンター越しに出してくれた烏賊ゲソと分葱の辛子酢味噌和えをつつきながら、探るような視線を澤井に向けてきた。

鉄刺と鉄ちりのためのポン酢と薬味が並べられ、熱燗の鰭酒が運ばれてきたのを合図に澤井が口火を切る。

「どうだい、この頃は？」

「まあまあですね。この頃は特に世間を騒がせることもなくて」

「それは結構」

しばしの沈黙。

「実はな……」

澤井の言葉と加賀谷の言葉が重なった。

「何かあるんでしょう？」

「うん」

そこで鉄刺が運ばれてきた。

「まあ、食ってからにするか」

河豚刺しを肴に呑む日本酒は最高だった。あっという間に河豚刺しの皿は空になり、熱燗のお替わりを注文したところで改めて切り出した。

「君のところのどっかの支店――たぶん大手町――で、最近、特に理由もなく急に辞めたり、配置替えになったりした行員はいないかな。たぶん女子行員だと思うんだけど」

「辞めた行員ですか？　そうですねえ、寿退社ならいそうですけどね」

「寿とか特段辞める理由のなさそうな人で、だ」

「少し調べないとわかりませんが、どうかしたんですか？　また、何か不祥事とかですか？」

「いや、そういうわけじゃない」

澤井は嘘をついた。情報漏洩は会社にとっては立派な不祥事だ。

「そうですね、わかったら連絡します」

「そうしてくれるとありがたい。要件はそれだけだ」

それからは、ちょうど運ばれてきた河豚ちりと鰭酒を堪能しながら、当たり障りのない話をし、加賀谷と別れた。


二日ほどして加賀谷から澤井に電話が入った。公衆電話からだった。彼も心得ているのだ。

「澤井さん？　加賀谷です。この間の件ですが、いました。たぶんそうじゃないかなと思われる女性。メモいいですか？　名前は新藤洋子。新しいに藤原の藤。太平洋の洋子です。澤井さんの言われた通り、大手町支店。なんの理由もなく突然。三月の末ですね。電話で、故郷に帰るから、とそれだけだったそうです。しかも、その電話の前には、滅多にとることのなかった有給休暇を十日程取って休んでいたようなんです。残りの給与、退職金その他はこれまで給与振込に使用されていた口座振込で、私物は全部処理してくれて構わないということでした。寿退社って年齢でもないし、辞め方がちょっと唐突で不自然な感じがしたので、大手町支店の他の行員の間でも少し話題になったようで、すぐわかりました」

「恩に着る。それで当たりだ、と思う。助かったよ。面倒ついでにもう一つ頼まれてくれないか？その女子行員の写真、社内報か人事部の履歴書で手に入らないかな」

「そうくると思って手に入れときました。ＦＡＸで送っときます」

「そうか。さすが気が利くな。ありがとうよ」

「澤井さんの頼みじゃこっちも手が抜けません。また、正義の味方してくださいよ」

「ああ。任しとけ」

高木に情報を提供したのは、この新藤という女性に間違いないだろう。あの、佐藤と名乗る女性が新藤洋子なのだろうか？

まもなくＦＡＸが届くだろう。そうすればその新藤という女性と佐藤と名乗る女性が同一人物かどうかはっきりする。

しばらくして社に戻った澤井宛に新藤洋子の履歴書の写真がＦＡＸで届いた。

（新藤という女性の面影は、この前話した佐藤という女性と似てはいる。だが、同一人物というにはどことなく無理がある気がするが……。だが、履歴書の写真であるということは今から数年、ひょっとすると十数年は前だから、年頃の女性の面差しはかなり変わるだろう。しかも、コピーだ

からなあ。どちらとも断定はできないな……。確かめる必要がある）

澤井はもう一度第一興殖銀行の加賀谷に電話を入れた。

「写真は受け取った。頼まれついでにもう一つ。これからそっちへ行くから、ちょっとだけ出てきてくれるかな。確認してもらいたいことがあるんだ」

「いいですよ。1時間後くらいですね。着いたら電話ください」

「すまん。また、後で」

澤井は銀行の前に着くと電話をして加賀谷を通用口に呼び出した。
封筒に入った複数の写真を加賀谷に渡して
「この写真をさっきのＦＡＸの人を知ってる人に見てもらって、同じ人かどうか聞いてもらえないかな」
「いいですよ。お易い御用です。うちの支店にちょうど今年の四月に大手町支店から移動になった女子行員がいるんですが、その娘《こ》に確認してみます」

渋谷のホテルで会った時、隠し撮りしておいた杏子の写真だ。これで情報を直接手に入れた者が新藤洋子本人だったのかどうかがはっきりする。

社に帰ってしばらくして、加賀谷から電話が入った。例によって公衆電話からだ。車のクラクションなど、辺りの喧騒が受話器に紛れ込む。

「あ、澤井さん？　加賀谷です。さっそくですが、例の娘《こ》に確認したところ、あの写真の人物には見覚えがないそうです。もちろん新藤洋子さん本人でもありません」

「そうか。いや、いろいろありがとう。これではっきりした。この件で君に迷惑がかかるようなことは絶対ないから、もう安心して忘れてくれ」

そう言うと澤井は電話を切った。

（おそらく帳簿のコピーは、3月末に退職した新藤洋子が持ち出したもので間違いないだろう。ただし、それを高木や俺に渡した女性は新藤洋子じゃない。彼女が誰で、どうしてあれらの資料を手にすることができたのかはわからないが、とりあえず資料は本物だ）

澤井は社を出て、杏子から教えられた郵便局の私書箱から中にあった資料を取り出し、『首都日報』の岸本宛に書留速達で送ってから、社に戻る道すがら、途中にある公衆電話から岸本に電話を入れた。

「ああ、俺です。裏は取れました。情報提供者に直接会って資料も確認してきました。本物です。どうぞ記事にしてください」

「資料を受け取れるか？」

「ええ、直接岸本さんと接触するのはまずいですから、大事をとって今先刻《いまさっき》速達で岸本さんのところへ送りました」

「そうか。ありがたい。期待しててくれ」

「頼みます。それと、情報提供者の周りには、官憲の匂いのプンプンする、車の二人組が張り付いています。詳しいことはわかりませんが、岸本さんも十分気をつけてくださいよ」

「了解だ」

電話を切ると澤井は社に戻った。

十二

二日後、『首都日報』の第一面には、政府高官と国会議員、及びその同族関連会社、複数の大手ゼネコンの役員、経理部長など、数名の名前と贈収賄疑惑の記事が載った。ＯＤＡを巡る汚職は、東南アジアの関連各国の首脳にも累が及ぶものと考えられた。私生活に関連したスキャンダルもいくつか散見された。

だがそれから数日、不思議なことにテレビのワイドショーもニュース番組も、そのことについて大きく取り上げることはなかった。第一報として申し訳程度に流すだけに終わったのだ。

（なぜだ？　大きなスクープ記事だろう。現政権や政府のＯＤＡ事業そのものの根幹を揺るがす大スキャンダルだろう。なぜどこも何も言わない？　どうしてメディアに載らない？）

記事発表直後には連絡のついた岸本に、澤井はもう一度電話を入れた。

岸本は不在だった。

嫌な胸騒ぎを覚え、自宅にも電話した。電話口に出た岸本の細君は憔悴しきったような声をしていた。

「ええ、二日ほど家には帰っていません。以前にもこういうことは何度かありましたが、今回は少し様子が違うようです。あの記事が出る前日も会社泊まりでしたが、記事が出た日、珍しく早く会社から帰宅すると、今回は少しやばいかもしれない。数日帰らないようなことがあったら、戸締まりをして私の姉のところへしばらく行っていてくれ。落ち着いたら迎えに行く、と言っていました」

「そうですか。いずれにせよ、奥さんはお姉さんのお宅へ行かれていたほうがいい。こちらでも心当たりを探してみます。何かわかったら連絡を入れますから。くれぐれも用心してください」

「あの、何かあったんでしょうか？　岸本は大丈夫なんでしょうか？」

「申し訳ありませんが今はなんとも言えません。不用心でしょうから、うちの若い者に先輩記者の一大事とかなんとか因果を含めて、時々お姉さんのお宅に伺わせます。なんでも申しつけてください。ご住所は以前伺っていたのと相違ないですね？」

「ええ。恐れ入ります」

なおも不安そうな岸本の細君の電話を切った。

（やはり、すんなりとはいかなかったか。岸本さんが無事ならいいが……。マスコミの反応もおか

しい。やはり巨悪には逆えないということか）

澤井は記者仲間や、岸本の行きつけの店などを数件当たったが、誰も岸本の所在を知らなかった。

（岸本さん、無事でいてくれ）

それにしても、今回の報道に対するマスコミの反応はおかしかった。これほどの大掛かりな政治スキャンダルなら、テレビも新聞もこぞって騒いでもいいはずだ。それが徹底してだんまりを決め込んでいる。予想されていたことではあるが相当な圧力がかかっていることがはっきりした。

岸本の記事が出て数日後、社共党系の新聞だけが事件を取り上げた。さすがに黙殺することはできず、かといって政治的大スキャンダルを煽るという体にもできない、といった感じの扱いだった。

記事の扱いが小さかった場合、告発者の危険は反比例して高くなると言わざるを得ない。

もう一つ、澤井には気になっていることがある。

（あの佐藤と名乗った女性――恐らくは偽名だろうが――は無事だろうか）

あれ以来、彼女からの連絡はなかった。この報道の状況を見てどう考えているだろうか。

（危険を感じて身を隠していてくれたらいいが）

と澤井は思った。

情報提供者と思われる第一興殖銀行を突然辞めた新藤洋子という女性。直接の情報提供者である佐藤と名乗る女性とは同一人物ではないだろう。人が偽名を名乗る場合、本当の名前と何かしら共通点があることが多いと言う。新藤と佐藤。確かに音は似ているし、面差しも心なしか似ている気はするが……。

数日思い悩んだ挙げ句、澤井はもう一度、あの渋谷のラブホテルへ行ってみることにした。

ホテルに近づいて入り口付近の路上を見ると、やはりまだあのシルバーのセダンが止まっていた。

（いた。ということは、彼女はまだあそこにいる。無事だということだ。奴らの監視が結果的に彼女の身の安全を保障したということか）

澤井はひとまず安心し、社に引き上げた。

澤井が社に戻るのを待っていたかのように電話が入った。

「俺だ」

岸本だった。

「無事ですか？　どこにいる？」

「俺は大丈夫。雲行きが怪しくなったからさっさと潜ったよ。どこにいるかは言えないが、大丈夫だ。一つ頼まれてくれないか？」

「もちろんです。なんでも言ってください」

「美也子にな、無事だと伝えてくれ。家に直接電話したんじゃ、俺の居所が割れる危険がある」

美也子というのは岸本の細君だ。

「わかりました。お金は足りてますか？」

「大丈夫だ。逃走資金は常に携行してるよ。ブント時代の名残、というか教訓でな。いざという時の逃走アイテムとルートに抜かりはないさ。今もその頃潜った奴らの組織に助けられてるからしばらくは隠れていられる」

岸本は学生時代、全共闘で鳴らした猛者だった。今の時世ではそんなことをいってもピンとこない世代が相当増えてきたが。

「そうですか。少し安心しました。でも、時々連絡はください。それと、美也子さんのことは心配しなくていいです。お姉さんのところへ若い者を交代でつけています。岸本さんのほうこそくれぐれも気をつけてください」

「ああ。よろしく頼む」

手短に要件を終え、電話は切れた。

（これ以上犠牲者を出すわけにはいかない）

澤井は強く思った。


（さて、次はどうするか？）

（やはり、大手のゼネコンや政府の不正とは縁のなさそうな社共党系のプロパガンダを利用させてもらうしかないかな）

大手政治経済雑誌担当記者としてのコネを用い、澤井は日本社共党の幹部に連絡を取った。

数日後、日本社共党所属の藤田孝俊衆議院議員による、アジアのODAを巡る大手ゼネコン、政府、政治家による贈収賄、不正融資疑惑、親族企業に対する便宜供与などに対する代表質問がテレビで中継される様子を澤井は編集部で見ていた。

「大臣、お答えいただきたい。お手元の資料にあるように、第一興殖銀行における、ODA関連企業、及び政府関係者の親族会社などに、不正な資金の流れがあった事実をどう説明するのか。政府、与党として、これらを断罪するお考えはあるのか！」

「小菅外務大臣」

手を上げて答弁に立った外務大臣は、政治家の常套句を並べることに終始した。

「先般ご指摘の件に関しましては、ただいま事実関係を、鋭意調査中でございまして、報告が上がり次第善処させていただきますが、恐らく、おっしゃられているような資金不正流用、並びに贈収賄などといった事実はなかったものと承知しております」

藤田が発言を求めて手を上げる。

「藤田君」

「政府はいつも前向きに検討するとか、善処するとか言うが、それはつまり、うやむやにする、ということと同義ではないのか？」

議長が名を呼ぶ。

「小菅外務大臣」

おずおずと答弁席に立つ小菅はしかし、同じ答弁を繰り返すのみであった。

政府の相変わらずののらりくらりとした答弁に辟易し、澤井は国会中継に一人毒づいていた。

日本社共党の機関紙もこの問題を大々的に扱い、国会中継での政府の対応や贈収賄の事実を見て高まった政府に対する国民の疑惑糾弾の声を煽った。さすがにテレビをはじめ、各メディアも無視できなくなり、少しずつではあるが、報道の姿勢は政府批判に転じていった。

二週間後、小菅外務大臣の更迭が決まり、公民党建設族議員後藤和臣の議員辞職――辞職の理由は健康上の問題ということであり、選挙地盤は来るべき総選挙で長男に引き継がれることになっている――が発表され、その翌週には、第一興殖銀行頭取の引責辞任、大手町支店長の銀行近くのビルからの飛び降り自殺のニュースがマスコミを賑わせた。

関係を取り沙汰された企業の幹部、政治家たちは司直の手が伸びるのを恐れ、戦々恐々として日々を送っているはずだ。

テレビのワイドショーは、連日、政治と金を巡るスキャンダルに加え、たとえば、財務事務次官藤堂俊輔の愛人と目される、堀川総子の経営する人材派遣会社の突然の業績不振を謳った倒産――もちろん、資産保全と司直の追及を逃れるための計画倒産だ――など、個人的な疑惑（たとえば不倫）などを面白おかしく伝えていたが、その陰で、政権の延命のための政治家の世代交代と、問題企業の役員人事の刷新が粛々と行なわれていった。

杏子が唯一ショックを受けたのは、ホテルの従業員控え室での休憩中に、テレビで流れていたワイドショーで、ＴＡＴＣ開発部長榊一太の縊死体が都内某ホテルの一室で発見されたという報道を見た時だった。

〝……こちらは九段下にある現場となったホテル前です。付近には規制線が張られ、パトカーと報道の車両が数台停車しているのが見られます。今日昼過ぎ、榊氏が、チェックアウト時間を過ぎても姿を現さず、館内電話にも応答がないのを不審に思ったホテルの係員が、同氏の客室を訪れ、浴室のカーテンレールを利用して頸を吊っている同氏を発見しました。救急車にて都内の病院へ搬送されましたが、まもなく死亡が確認されたということです。氏は先頃問題となったＯＤＡを巡る贈収賄疑惑で中心的な役割を果たしたＴＡＴＣの開発部長であり、今後の捜査に対する影響が懸念されます。……〟

今回の一連の事件で、杏子が間接的とはいえ接触した当事者はこの榊だけだった。自殺としてもショックだが、恐らく「死人に口なし」を狙った、自殺に見せかけた他殺であろうことは想像に難くない。そのことは、杏子に少なからず罪悪感を呼び起こした。杏子が今回の騒動の端緒を開かなければ、榊も高木も、第一興殖銀行大手町支店長も、命を落とすことはなかったのではないか。

だがその一方で、良心に従って取材、報道をしていた記者や、それまでさんざん利用してきた政治家や企業家、銀行家をいとも容易く抹殺する権力者たちに対する怒りも増幅された。

世論におされて始まりかけた本格的捜査も、主だった関係者の死亡や引責辞任によって、掛けた梯子を外された格好となり、一連の事件は一応の収束をみた。

慌ただしく世の中が動いているさなか、澤井のデスクの電話が鳴った。

「よう、やってるな？　まずまずの成果じゃないか。日本社共党を引っ張り込むなんざ、さすが文談社の政治経済担当記者」

電話の主は地下に潜っていた岸本だった。

「なんだよ。岸本さんは大丈夫なんですか？」

「ああ、ここまで公になればばしめたもんよ。俺の身にはもう危害は及ばんさ。ということで、昨日家に戻った。留守中世話になったな。美也子が大層感謝していた。生きのいいのが入れ替わり立ち替わり様子を窺ってガードしてくれたってな。ただし、そのせいで近所で不倫の噂が出るのが怖いとさ。がははは」

そう言って岸本は豪気に笑った。

「岸本さんも奥さんもご無事で何よりでした」

「どうだ？　今夜一杯」

「いいですねえ。でも美也子さんはほっといていいんですか？」

「なあに、無事なのがわかれば、『亭主元気で留守が良い』って口さ」

「そうですか。じゃあ、報告したいこともあるし、七時に『華』で」

「了解だ」

屈託のない岸本の声を聞いて澤井は安堵した。

＊

『華』の小上がり。澤井と岸本は差し向かいで座っている。

「やっぱり蜥蜴の尻尾切りで終わったな」

岸本が自嘲気味に言う。

「まあねえ。ＯＤＡそのものは残ってるわけだし、アジア開発銀行とか、まだまだ得体の知れない悪の温床はそのまま手付かずですからね。あそこまで記事の扱いが小さいってことは、それだけ大きな圧力があったってことだけど、そのへんの事情はわかりますか？」

岸本が澤井の言葉を受ける。

「どこの国でもそうだが、一般にフィクサーと呼ばれる黒幕と、政治家、官僚、ゼネコンをはじめとする産業界、それから、マスコミで構成される巨大な利権構造がある。みんな一つ所で繋がってるから、どっかに綻びが出そうになると、よってたかって取り繕うのさ。できるだけ被害が少なくて済むように」

「マスコミに携わっているわりには、ずいぶん悲観的ですね」

にやにやしながら澤井がちゃちゃを入れる。

「バーカ、実際にマスコミに携わってるからこそ実感できるんだよ。教科書の教える歴史が、勝者側によって時の政権に都合よく改竄されたものだから、何百年経ったって真実なんて見えやしないのと同じさ」

「それで、今回の贈収賄事件の総括は？」

「本当のワルは今でも政治を利用して利権をほしいままにしている。やがてこの国を貪り尽くすまでそれは続く。表面上はＯＤＡの利権に絡む日本と相手国の政治家、及び、各業界人の汚職事件だけど、実際はそんな単純なものじゃない。経済専門のお前には釈迦に説法だが、世界中の利権屋が複雑に絡み合ってる。とにかく、この世界は魑魅魍魎の跋扈する伏魔殿なのさ」

鮟鱇の共和えと昆布の煮しめをあてに冷の日本酒をちびちび口に運びながら、旨い肴と旨い酒のせいで滑らかになった口で、岸本は饒舌に語った。やがて、鮟鱇鍋が運ばれてきて、しばらくは無言で腹を満たした。

鍋も底が見えてきたところで岸本が再び口を開く。

「ところで、ネタ元の人物はどうしているんだい？」

「ああ、気にはなってるんですが、こちらからは接触しないほうが向こうにとっては安全だと思って、あえて連絡はとってないんです。時々それとなく探ってはいます。ただ、それらしき人物の事故や不審死の気配もないし、まあ、無事ではいるんだろう、と思っています」

「その人物が直接記録を入手したのか？」

「俺の感触では違いますね。銀行にいて金の出入りの記録を直接手に入れたのは別の人間だと思います。銀行の人間からの情報でその人物の見当はついてるんですが、ネタ元の人物とはたぶん別人です。どういう経緯《いきさつ》でか、その記録を手に入れた我らがネタ元は、たまたま同じネタを追っていた『週刊現在』の高木にそれを渡した。そして高木は記事を仕上げた直後、死体――自殺と断定はされたが恐らく他殺でしょう――で発見された。そこで、俺が高木の原稿と資料のありかを突き止め、裏を取って岸本さんに託した、というわけです」

「そのネタ元はどうして無事なんだ？」

「ええ。それは俺も考えました。その人の行動は官憲っぽいのが四六時中見張ってるんです。だから、敵としてもなかなか非合法な手段で葬り去るということができなかったんじゃないかな。今回の事件の火消しに回った連中と、ネタ元を張ってた連中とは、別の指示系統で動いていたということなんでしょう。まあ、記事が世の中に出回ってしまったら、今さら消す意味もないということなのかな」

「報復はないのか？　渦中にいる時は警察《さつ》が張ってるからいいとして、ほとぼりが冷めて警察の監視が外れたら、こけにされた奴らが放っとくかね」

「そうですね。ネタ元に危害が及ぶ可能性は大いにあります。そもそもネタ元に官憲が張り付いていた理由もわかりません」

「う～ん。謎だな」

しばらく沈黙が流れる。

女将が顔を出した。

「そろそろ締めの雑炊にしますか？」

「ああ、頼む」

女将は、底に鮟鱇と野菜の旨みのたっぷり出た汁の残った鍋の取っ手を、厚手の鍋つかみで摑み、厨房へと下げていった。

「旨かったな。留守中かみさんが世話になった礼だ、今日は俺が持つよ」

「すみません。今日のところは甘えておきます。ごちそうさまでした。美也子さんにもよろしくお伝えください」

「ああ。またな」

岸本に支払いを任せると、馳走の礼を言い、澤井は、タクシーで帰ると言う岸本と別れて、電車に乗るため駅に向かって歩きだした。

十三

渋谷のホテルの従業員出口を監視できる位置に止めたシルバーグレイのセダンの中。車内は煙草の煙と男二人の体臭でむせかえるようだ。

「今度のことではあの女に完全にしてやられましたね」

「まあな。あの女にしてはうまく立ち回ってくれた。こっちの思惑とは少しずれたが、まあ、そこその成果は上がったからな。上も満足してるんじゃないか?」

「それにしても、いつまで、あの女のこと張ってるんですかね。もう山は越えたでしょうに」

「さあな。上には上の考えがあるんだろうぜ」

＊

数時間後、仕事を終えた杏子がホテルの裏口に姿を現した。

いつもの通り、ＪＲ渋谷駅に向かって歩き始めた時だった。暗がりから数人の人影が現れ、杏子の頭に黒い袋をすっぽり被せると、そばに止めてあったワゴン車に運び込んだ。

「おやっさん! あれ」

と、シルバーグレイのセダンの中で、年若いほうの男が件のワゴン車を指さす。

「ああ。尾行だ」

年嵩のほうの男が間髪を入れず答える。

セダンは走りだしたワゴン車を追って発進した。

助手席の年嵩の男が、無線で車両の追尾を告げ、ナンバーの照会と応援の要請をした。

「どこ行くんですかね。上の狙いはこれですか？」

「まあな。それよりぼやぼやすんなよ、まかれたら終わりだ」

「任せてください」

「しっかり尾行《つけ》ろよ」

そう言いながら、年嵩の男は前方に注意を集中した。

杏子を拉致したワゴン車は、まもなく国道二四六号線に出てそのまましばらく南西方向に向かって走った。

時々後方に注意を払っていたワゴン車の運転手が、バックミラー越しにリーダーらしき男に告げた。

「兄貴、どうやら後ろに銀蝿がいるみたいですぜ」

「ふん、うるさい蝿だぜ。まいてやれ」

「へいっ」

まもなくワゴン車は急ハンドルを切ると、タイヤを鳴らして対向車線に回り込み、一キロほど元来た方向へ走って、とあるビルの地下駐車場へ乗り入れた。そこには裏通りに面しても出入り口があり、ワゴン車はそのまま裏の出口を通り抜けて細い通りを器用に右左折を繰り返し、やがて第三京浜に出ると川崎に向かった。

ワゴン車との間に三台ほど車を挟んで尾行していたセダンは、ワゴン車の突然の動きに対応できなかった。

「げっ、あいつら気がついたな。急にUターンしやがった。このタイミングじゃ向こう側の車線に行って追いつくのは無理だ。くそっ」

ハンドルを握っていた若いほうの男は、バックミラーに向かって毒づき、年嵩の男は助手席で悔しそうに歯噛みした。

やがてワゴン車は川崎の工場地帯に入ると、集荷センターと倉庫群の建ち並ぶ一画で、一際うらぶれた明らかに廃屋とわかる空き倉庫の前で止まった。三下の若者が助手席から飛び出し、倉庫のシャッターを開けると、ワゴン車はそのまま倉庫の中へ入っていき、三下がシャッターを下ろして後を追った。

シルバーグレイのセダンは尾行を断念し、年嵩の男が無線で本庁へ連絡を入れた。

「松島です。一行は北品川の辺りで突然進路変更をし、見失いました。申し訳ありません。……はい、……はい、了解しました」

無線を置くと、若い男に向かって言った。

「おい、さっき奴らを見失った辺りまで戻るぞ。他の覆面もその辺りで捜索してる」

「はい。戻ります」

ハンドルを握った若いほうの男はウィンカーを上げ、本線に戻った。

＊

だだっ広い、埃と黴、機械油と錆びの匂いの混じった空間で杏子は頭に被せられた袋を外された。

「お前、いったい何もんだ?」

「……」

杏子は答えない。パニックを起こしそうな頭で、必死に状況を把握しようとしていた。

「まあ、いい。これからじっくり、その体に訊いてやるさ」

そういうと角刈りの、いかにもその筋の人間という感じの男が、手下の男たちに言って杏子の両手首をロープで縛らせた。それから縛った杏子の手首から繋がったロープを太い鉄骨の梁に渡して両腕を頭の上にあげ、地に足が着くか着かないかのところでロープを固定し、もがくほどロープが手首に食い込むようにした。兄貴と呼ばれる角刈りの男は、下卑た笑いを浮かべながら、吊り下げられて体の線が露わになった杏子の肢体に舐めるような視線を這わせた。

苦痛に歪む杏子の顔を嬉しそうに眺め、もう一度同じ質問をした。

「お前は誰だ？　第一興殖銀行の新藤という女が突然姿を消し、その頃から汚職の暴露合戦が賑やかになったが、年格好からすればそれはお前でも筋が通る。だが、あいにくそいつはお前じゃあない。なぜなら新藤は俺とつるんでたからだ。うまい儲け話のはずだった。ところがお前が洋子の資料を勝手に持ち出し、会社を恐喝《ゆす》ったかと思えば、記者とつるんで雑誌に売り込んだ。洋子ならそんなことはしない。一番高く売れるところに売り、しかも将来にわたっての保険を掛けたはずだ。あの女《あま》は雑誌に持ち込んで記事にするなんていう青臭いことは絶対にしない。欲得ずくでしか動かない女なんだよ。だからよ、洋子はいったいどこにいる？　お前はいったい誰なんだ？」

杏子は初めて合点がいった。

（新藤洋子は銀行で摑んだ情報を元に、この男と組んでいろんなところを恐喝しようとしていたんだ。その途中で連絡船から転落し、その場に居合わせた自分がその資料の一部と新藤洋子の生活基盤を横取りしてしまった。この男は新藤洋子が連絡船から海に転落し、恐らくもう死んでしまっていることを知らない）

「いい加減にしとけよ。俺もそんなに気が長いほうじゃない」

男はナイフをぎらつかせ、杏子に迫ってきた。

杏子の白いブラウスの胸元に刃先を滑り込ませると、縦に並んだボタンを縫い付けた糸を裁ち切るように力を込め、一個一個飛ばしていった。

胸元の露《あら》わになった杏子の首筋に再びナイフをあて、切っ先を少しだけ柔らかい皮膚に沈み込ませた。そこから一筋の赤い線がつーっと伝って杏子の白いブラウスの襟元を朱く染める。

視線を刃先に注いだまま杏子は震える声で言った。

「……洋子さんは亡くなったわ」

「なにい？　でたらめを言うな！」

「嘘じゃない。あの日、今年の三月、青函連絡船に乗り合わせた女の人が、目の前で海に飛び込んだのよ」

「何だって？」

「たまたまデッキに出ていたら、目の前で女の人が、ふわーっと海に吸い込まれるように……。あわててその場に駆け寄ったら、口の開いたバッグから免許証や通帳がはみ出ていて、傍に茶封筒があったの。世の中に嫌気《いやけ》がさして、自分なんかどうなったっていいって思ってたから、そこに残されたものを見て、これは生まれ変われって誰かが言ってるんだって思って、つい、それを自分のものにしてしまった。周りには誰もいなかったし、人が落ちたことも誰にも言わずに連絡船を降りた。それからは苦労して新藤さんに成り代わったの」

「おめえは、目の前で人が溺れ死ぬのを見殺しにし、届けもせず、財布やなんかをネコババしたってのか？」

「……そういうことになる……」

項垂《うなだ》れて力なく発せられた杏子の言葉が終わらないうちに、男の拳が杏子の顔面に炸裂した。

「なにをしゃあしゃあと、そういうことになる、なんて言ってんだ、てめえはよっ」

杏子は目に涙を溜めながら叫んだ。

「どうかしてた。人でなしだと自分でも思う。だから、残された資料の一番良い使い方をしようって思ったの」

「けっ、笑わせるぜ。俺の女はどうしてくれんだよ。そん時すぐ知らせてりゃあ助かったかも知んねえだろうがよっ。おめえは人殺しだぜ」

言いざま、もう一発、男の拳が、ぶら下げられて無防備になった杏子の腹部にめり込んだ。

「うっ」

思わず声が漏れる。

（殺される）

杏子はそう覚悟した。

＊

ワゴン車を見失った辺りをシルバーグレイのセダンは走っていた。

「なあ、この辺りからどっか人目のないところへ抜けるにはどこを通る？」

「そうですねえ。裏道へ入って、小路を縫うか、首都高でも乗るか……。二四六から横浜方面……港で簀巻きとか」

「小説の読みすぎだよ。でもまあ、横浜、川崎はいい線だろうな」

「そっち方面へ走ってみますか？」

「そうだな、都内は他の覆面もいるし、パトカーもいる。こっちは任せて、少し足を伸ばしてみるか」

セダンは川崎方面へ向かった。

＊

「洋子は本当に海に落ちたのか？　誰かに突き落とされたりしたんじゃないのか？　まさか、てめえが突き落としたってことはねえよな？」

「そうよ。洋子さんは一人だった。ほんとに急にふわ〜って落ちたのよ」

「じゃあよ、お前の持ってるネタは全部、雑誌に渡しちゃったのか？　今出てる分で全部なんだな？」

「そう。もう他にはない」

「ふん、よくも洋子を騙《かた》ってくれたぜ。じゃあな。あの世で洋子に謝んな」

男は、杏子を殴り殺そうとでもしているように、容赦のないパンチを繰り返し杏子の顔や腹に浴びせた。一心にサンドバッグを叩き続けるボクサーのようだった。

気が遠くなっては次のパンチでまた意識が戻る、というのを何回繰り返したろうか。突然、腹の底に響き渡るような大音声《だいおんじょう》がした。

「おい、もう、そのへんにしておけ」

その声に、兄貴と呼ばれた男も、付き従っていた男たちも、一瞬ハッとしたように動きを止め、一斉に声のしたほうを見やった。

「親父《おやっ》さん……」

心なしかそれまで杏子を責めていた男の顔が蒼ざめているように見えた。

「おい、浩よ。お前、ふざけた真似してくれたな。お前のせいで、ここしばらくは俺の面は泥まみれだぜ」

「親父……」

「話は聞かしてもらった。と言っても、とっくに承知のことだったがな。おめえの口から直に聞きたかった。女の件は気の毒だったな。だがな、その件にはちぃと腑に落ちねえところがある。おめえのとこから上がってくる報告がいま一つはっきりしねえから、誰よりも忠義に厚いサブの奴を女の監視に付けたんだ。案の定、女とお前には気に食わねえ動きがあったよ。で、そろそろかたをつけようかって時に、それを察した女が北海道に向かってるってとこまでは報告があった。ところがそいつを報告してから、サブの消息が摑めねえ。あいつは俺を裏切るようなタマじゃねえ。なんかあると思ってたら、この体たらくだ。

まあ、いいさ。この一件で無能な政治家と腹黒い官僚の一部をお払い箱にできたからな。残った本物のワルは、もう少しましな手駒を使ってもっとうまく立ち回るだろうさ。こっちのおこぼれも安泰ってわけだ。だがな、お前の裏切りとこれとは話が違う。お前は俺をこけにした。この世界で裏切りを働くということは、それ相応の報いを覚悟してのことだろう。え？　浩よ」

「くっ……」

浩と呼ばれた男は言葉を吞み込んだ。

それから、親父と呼ばれた男は、杏子に視線を移した。

「お前さん、なかなかいい度胸をしてるな。ちょっと調べさせてもらったよ。こちとらの情報網も警察並みでね。全国津々浦々、張り巡らされた極道ネットワークは結構なもんよ。大抵のことはすぐ嗅ぎ出せる。どうやらお前さんの後ろには何もないようだ。一人であれだけのネタを抱えてうまくやったもんだ。褒めてやる。さ、もう、行っていいぞ」

「え？」

杏子はすぐには反応できずにいた。

親父と呼ばれた男は手下の男に声をかけた。

「おい、玄、縄解いてやれ。それから、武、お前の上着を着せてやれ。女が破けた服のまんまじゃ、外は歩けめえ」

「ええっ？　だってこれ、ヴィンテージものの須賀ジャンですぜ」

武と呼ばれた男が不満そうに言う。

「つべこべぬかすな。さっさと言う通りにしろい。後でもっといいのを買ってやるから」

玄と呼ばれた男は、杏子を吊るしている縄を、尻ポケットから出したナイフで切って杏子を自由にした。武は（後でもっといいのったって、俺はこれがいいんだよ。全く）とぶつぶつ言いながら、しぶしぶジャンパーを脱ぎ、恨めしそうな目で見ながら、杏子のほうへそれを投げてよこした。

まだ状況を摑めていない杏子は、傍《かたわら》に落ちたジャンパーを拾い、羽織った。

杏子のその様子を見ていた親分と呼ばれた男が声をかけた。

「悪いが送れねえよ。俺の気の変わらねえうちに早く行きな」

杏子はその言葉にはっとして尻に火が点いたように駆け出し、シャッターの脇の、少しだけ開いた扉の隙間に体を滑り込ませ、外に転げるように飛び出した。それと同時に杏子の背後では、雌を巡って争う獣たちの死闘を思わせる、くぐもった衝突音や怒声が響いていた。杏子はもはや後ろを振り返らず一心に走りだした。

その喧騒の中で、親父と呼ばれた男は、さらにもう一人の男を傍らに呼びつけ何か耳打ちした。呼ばれた男はさっと踵《きびず》を返すと杏子の後を追った。

倉庫街の迷路のような道を何度か左右に曲がり、往きつまろびつした後、比較的大きな通りに躍り出た。ふらふら夢遊病者のように方向もわからず歩いていると、向こうから目立たないシルバーグレイのセダンがこちらへ向かっていた。

「おい。あれ！」

助手席の年嵩の男が叫ぶ。

「はい」

運転席の若いほうの男が答える。

車が杏子の横を通り過ぎたところで、急ハンドルを切り、タイヤを軋ませてUターンを試みた。

その慌ただしい車の動きと不快なタイヤの摩擦音を聞いて、杏子は我に返った。先ほどまでの極限状況から解放され一時的に放心状態となっていたが、それまで置かれていた状況から杏子の危険に対するアンテナは感度を上げていた。本能が警報を発する。

（逃げるのよ。危ない）

車がUターンして杏子のいる側の車線に入ってくるより早く、杏子は再び、工場街の迷路へと身を翻した。

「くそっ、逃げられる。どこから出てきやがった。どこへ行った？」

年嵩の男が苦々しげに言う。

「周辺にいるPC《パトカー》を倉庫街に集結させろ。ネズミ一匹逃がすな」

若いほうの男がハンドルを操作し、年嵩の男はマイクを握って、本庁及びＰＣ各局に向かい現在地を告げ、ただちに現場へ急行するよう、がなりたてた。

セダンは倉庫街を疾駆し、杏子の痕跡を探す。杏子は自分のいる場所もわからず、狭い通りを選んで身を隠す術を探した。

まもなく少し広めの通りに出たところで、運良く乗客を降ろしているタクシーに出くわし、よろける足でなんとかドアにすがると、転げるように乗り込んだ。遠くにパトカーのサイレンが聞こえていた。

「お客さん、どちらまで？」

振り返りながら素早く腫れあがった杏子の顔を見た運転手は、少しぎょっとした顔をしたが、何も言わずにまた前を向いた。

「渋谷。円山町まで」

杏子は行き先を告げ、後部シートにぐったりと身を投げ出した。

数十分後、タクシーは杏子の務めるラブホテルの近くまで来ていた。

「ここで結構です。今、お金を取ってきますから、一緒に来ていただけますか？」

拉致され、暴行を受けた倉庫から逃げる時、杏子は自分のバッグを持つ余裕はなかったが、万が一の時のために多少の現金と着替え、当座の必需品をバックパックに詰め、職場のロッカーに置いていた。まさか拉致現場のこのホテルにすぐに舞い戻ってくるとは誰も思うまい。また、この後はもう二度とここへ戻るつもりもなかった。タクシーの運転手を伴い、ホテルの従業員用入り口から入ると、ロッカーに置いてあった服に着替え、お金と最低限の荷物を持ち、そこにいた同僚に声をかけた。

「ごめん。もう、ここへは来られなくなったの。迷惑かけるけど店長に伝えてください」

あっけにとられる同僚を尻目に、杏子はタクシー運転手とともにタクシーのところまで戻り、再びタクシーに乗り込むと、ＪＲとなって間もない渋谷駅に向かった。

十四

津軽。

田圃を渡ってくる風はすでに初夏の訪れを告げていた。青々と育った稲が風にそよぎ、きらきらと日の光を照り返す様は、陽に輝く大海原に立つ波濤のように見えた。

杏子は昼食の後片付けを終え、夕飯のおかずの下ごしらえをしていた。

「ごめんください」

玄関で声がした。

「はーい」

濡れた手をタオルで拭き、エプロンで湿り気を取りながら、玄関へ向かった。

玄関先には一目でそれ（刑事）とわかる、それぞれベージュとカーキ色のコートを着た男たち二人が立っていた。

「はい？」

杏子はできるだけ平静を装い、歓迎されざる客に向かって声をかけた。

「あ、こちらは松木杏子さんのお宅でしょうか？」

「はい、そうですけど」

「あなたが松木杏子さん？」

「はい、杏子は私です」

「青森県警の高瀬と申します。あー、こっちは山崎」

と高瀬と名乗った刑事がもう一人を紹介する。

「少し、お聞きしたいことがありまして」

「はい」

「あなた、今年の三月十六日、函館から青森に向かう青函連絡船に乗ってますね？」

「はい。乗りました」

「その時、何か変わったことはありませんでしたか？」

「……いいえ、特には」

「そうですか。時に、函館にはなんで行かれたんですか？」

「ふらっと、一人旅です」

「青森で連絡船を下りた後、どうされました？」

「ここへ帰ってきました」

「ふむ。そうですか……」

一瞬沈黙が流れる。高瀬と名乗った刑事は杏子の視線が一瞬泳いだのを見逃さなかった。

「いえね、こちらに伺う前、少し調べさせていただきました。あなたは、青函連絡船に乗る前に東京のアパートを引き払っている。帰省のためにアパートを解約されたんでしょうな」

「はい」

「不思議ですな。ご近所で確かめたところでは、あなたの姿を見るようになったのはそんなに前ではない、一か月も経っていないとのことでしたが？」

「あまり出歩きませんから」

「そうですか？　あなたの年代では買い物や息抜きに出かけることが多いのではないですかな」

「出不精なんです」

「ふむ。出不精でふらっと一人旅ですか」

（しまった）

不意を突かれた杏子には一〇〇点満点の答えの準備はできていなかった。言葉の端々に綻びが現れる。

「では三月、ふらっと一人旅に出て、青函連絡船に乗るまでは東京で一人暮らしをしていた、と」

「はい」

「東京ではどんなお仕事をされていたんですかな」

　本人を尋ねる前に近所でその動向を確かめてから訪問するくらいだ、杏子の経歴はすでに調べてあるのだろう、そう思った杏子は正直に答えることにした。

「最初は集団就職で繊維メーカーに就職しました。社員寮で寄宿生活でした。それから数年して祖父が亡くなった時に会社を辞め、一時期帰省して、五所川原市で水商売勤めをしていましたが、もう一度上京し、住み込みのパチンコ店員をした後、また水商売に戻りました」

「ほう。どちらで？」

「巣鴨です」

「出不精な人が東京で水商売ですか。なかなか変わった選択だ」

　高瀬は皮肉っぽく言って杏子をまじまじと見た。

「なんの資格もない女ができる仕事ってあまりないですから」

「そうなんでしょうな。……時に、今は何をしておられる？」

「祖母も年とって、一人暮らしも大変になってきましたから、一緒にいて自分の家で食べるくらいの畑を作っています」

「青函連絡船を降りてからはこちらに帰られた？」

「はい。そう言いました」

「で、連絡船でも何も変わったことはなかった、と」

「はい」

「わかりました。いや、お手間を取らせました。また、お話を伺う必要があるかもしれませんので、できるだけこちらにいらして、連絡が取れるようにしておいてください。ま、出不精だから大丈夫でしょうが」

「……」

高瀬はまた皮肉っぽく言って山崎と言われた刑事と共に引き上げて行った。

杏子は不安になった。

銀行の金銭出納記録を不正に入手したことも犯罪と言えるし、新藤に成りすまし、仕事の退職やアパートの解約を勝手に行ない、何より、新藤の連絡船からの転落事故を目撃しながら届けなかったことは、重大な違法行為だ。未必の故意の殺人罪にさえ問われかねない。

その一方で、杏子が新藤洋子になりすましていたことを知る者はいないはず。なんの証拠もないはずだとも考える。

では、なんのために、警察が杏子のもとを訪ねてきたのだろう。

はっきりと来意を告げない刑事の態度は、杏子の不安を一層掻き立てる。

＊

「高瀬さん。どうでしょう。何か妙な感じがしませんでしたか？」

「ああ。かなり妙だ。あれは何か隠してるな。少し調べてみる必要がありそうだ」

刑事たちは県警本部に帰り、杏子の資料をもう一度丁寧に当たり始めた。

といって杏子に前科はない。とりたてて犯罪の匂いのするような経歴もなかった。

「ふむ。なんだろうね。『前』も何もない。が、何かすっきりしない。――中卒で上京。大手繊維メーカーに集団就職。数年後祖父の死に際し帰省、そのまま退社。しばらく水商売勤めの期間があって再び上京。パチンコ屋の住み込み店員や水商売を経て今に至る。――よくある経歴だが、紙一重で転落の人生ってところだな。よく踏んばったな。……男関係はどうだったんだろうな」

津軽海峡で水死体が発見された件の捜査過程で、たまたま水死体の死亡推定時期に矛盾しないような日時の青函連絡船の乗客名簿に不審な点が見つかった。その便の乗客全員の消息を当たったところ、下船後の消息に疑問がある事例がいくつか判明し、杏子もたまたまそれに該当したため、念のための訪問を受けたのだった。

高瀬は遠くを見る目を窓の外に向けた。

（普通であれば、なんの問題もない訪問。下船後の行動を教えてくれるだけでいい、簡単な質疑応答だ。にもかかわらず、彼女の態度はどこか頑なだった。必死で身を守ろうとするような……。何かを悟られまいとでもするような。何だろう？　何を隠してる？）

「高瀬さん。もう一人、新藤洋子という人物がいますね。現在連絡が取れていません。以前の住所は東京都内ですが。直接当たってみますか？　警視庁に問い合わせ中ですが」

山崎の声に高瀬は我に返った。

「そうだな。向こうも忙しいだろうし、こっちはそんなに大きな事件があるわけじゃない。俺らが直接行って調べてみるか？　松木杏子の東京時代も当たってみる必要がありそうだ」

「やったあ。東京出張ですね」

「こらこら、はしゃぐんじゃない。あくまで仕事だ。物見遊山じゃないんだからな」

「はい。すみません」

高瀬にたしなめられて山崎が頭を掻いた。


高瀬と山崎は青森駅で特急「はつかり」に乗車、盛岡で東北新幹線に乗りかえ、計5時間ほどで上野駅に降り立った。平日の車内はいずれもガランとしていて、快適な列車旅であった。青函トンネルの完成に合わせ、津軽海峡線が開業すれば、「はつかり」は大幅なダイヤ改変によって姿を消すかもしれない。

上野から地下鉄日比谷線で霞ヶ関まで行き、警視庁に入った。

刑事課に顔を出し、青森県警管轄の変死体事件捜査における、参考人の事情聴取のため上京した旨を告げ、資料捜査の協力も願った。県警本部からも正式に依頼してあったため、仕事はスムースに運んだ。

新藤洋子に関するデータから得られた情報を元に、まず勤務先を訪ねることにした。

新藤の勤めていた第一興殖銀行は、大手町にある中堅の都市銀行で、これまでも政財界を巡るいくつかのスキャンダルの舞台になった銀行だった。

銀行に着くと身分を証し、人事課の人間と話をさせてもらった。

「今日はどういったご用件でしょうか?」

「実は、こちらにお勤めだった新藤洋子さんについて少しお話を伺いたくてお邪魔しました」

「新藤ですね。少しお待ちください」

人事課員は資料を探しに奥へ引っ込んだ。

数分して資料片手に高瀬たちの前に姿を見せ、該当するページを見せながら説明を始めた。

「勤務歴は比較的長いです。昭和四十五年入行。十七年勤めて六十二年三月、突然退行しています」

「今年の三月ですか……。退社の理由は何でしょう?」

「特に……書類上では一身上の都合ということになっています」

「そういうことはよくありますか?」

「そうですねえ、女子行員は寿退社ということはよくありますが……。それだと大抵、遅くとも二

〜三か月前には事前に報告がありますね」

「そのような兆しはなかった？」

「ええ。退行の連絡も電話だったようです。有給休暇分を考慮して日割り計算した退行月の給与と退職金などは、給与振込に使用していた口座に振り込まれ、私物は全て処分するよう申し入れがあったと記録されています」

「ふ〜む。少し、妙ではないですか？」

「う〜ん。確かに」

「退行は突然でも、事情が落ち着いたら普通は改めて挨拶に顔を出したりするもんではないですかな。退社が突然だった時などは特に。だって、突然の退行の時点でこちらの銀行にはかなり迷惑がかかってますよね。特に当該部署では」

「はあ、まあ。……あのう、新藤が何か？」

「いや、新藤さんに何かあったというわけではありません。ある事件に関して、目撃情報など、身元確認に関するなんらかの情報をお持ちではないかと思われる人を探しているだけでして」

「そうですか」

人事担当職員はいくらか安心したようだった。

高瀬は片手で顎をさすり、目を細めて遠くを見るような表情を浮かべた。考えを巡らしている時の癖だった。

やがて視線を人事課員の顔に戻すと、この行員からはこれ以上の情報は得られないだろうという結論に達し、高瀬は行員に新藤洋子の住所の控えと履歴書の写真のコピーをもらい、礼を言って銀行を後にし、その足で行員に教わった新藤洋子の住所を訪ねた。

そこにはすでに別の住人が入居していた。

「はい?」

ドア・スコープの前に警察手帳をかざしてチャイムを鳴らすと、ドア・チェーンをつけたままのドアが十センチほど開いて、怪訝な表情を浮かべた二十代後半と思われる女が顔を覗かせた。

「あ、突然失礼します。私は青森県警の高瀬、こっちは同じく山崎と申します。二、三お伺いしたいことがあってお尋ねしました」

「何でしょう?」

できるだけ柔らかい物腰で接したつもりでも、相手の目には警戒の色が浮かんでいる。警察の職務質問を前にした一般人としては普通の反応だろう。

「はい。こちらには、いつからお住まいですか?」

「この四月からです」

「それ以前はどこに?」

「埼玉にいました」

「こちらに引っ越されたのはどうしてですか?」

「四月の十日に転勤になって……」

「あ、なるほど。で、こちらに以前お住まいだった方はご存知ですか?」

「いいえ。存じませんけど。いったい何ですか?」

「あ、これは失礼しました。実は失踪人捜索でして。こちらに以前お住まいだった方が、私どもの捜索している人物とお知り合いだったようなので、何か手がかりがあったら教えていただけないかと思いお尋ねしています」

　捜査に関することだから本当のことは言わない。それらしい理由を言って情報を集める。

「そうなんですか。でも前の住人のことなんて全然知りませんよ。勤め先に近くて家賃の手頃なところを探して不動産屋さんに紹介してもらっただけですから」

「そうですか。そうでしょうね……。では、引っ越された時、何か部屋に不審なところはなかったですか? 忘れ物とか。何か変わったところは?」

「いいえ。前の人が出た後、プロの清掃業者さんが掃除をして、傷んでいたところも修理したというお話でしたから」

「ふむ。では前の入居者の痕跡は全くなかったということですな」

「はい」

「確認します。引っ越して来られた時、何も変わったところはなかった、と」

「はい」

「わかりました。お忙しいところお手間を取らせ申し訳ありませんでした。念のためですが、何か、お気づきの点がありましたら、こちらに連絡をくださるとありがたい。ご協力感謝します」

言いながら青森県警の高瀬の連絡先の印刷してある名刺を渡し、高瀬たちが引き上げようとすると、

「あのう、この部屋で何かあったんでしょうか？」

女が不安げに問うてきた。

「いえいえ、そういうことではありませんから。あくまで参考にお話を聞きたかった方がお住まいだったというだけでして」

「そうですか。……ご苦労様です」

言いながら、女は決して納得した風ではなかった。

(悪いことをしたな。引っ越したばかりなのに、あれこれ想像して気味が悪くなってしまっただろうな)

そんなことを考えながら高瀬は物件を紹介した不動産屋へ向かった。不動産屋はアパートの階段に取り付けられた入居者募集の看板から確かめてあった。

双葉不動産。

ガラス戸から中を覗くと、男女合わせて四〜五人の職員がデスクについていた。

高瀬はびっしりと物件情報を貼り付けたガラスの引き戸を開けて中に入ると、カウンター近くの女子職員に警察手帳を示しながら声をかけた。

「すみません。青森県警の高瀬といいます。少しお話を伺いたいのですが」

「はい。どんなことでしょうか」

「以前美幸荘に住んでらした方についてですが、引っ越し先などおわかりでしたら教えていただきたいと思いまして」

「美幸荘ですね。美幸荘のどなたでしょうか？」

「はい、新藤洋子さんと言って、今年の三月頃までお住まいだったと思うのですが」

「ああ、はい。新藤さんですね。ちょっとお待ちください」

職員は背後のキャビネットからファイルを選び出し、高瀬たちの目の前に持ってきて開いた。そこから新藤のページを見つけ出し、説明を始めた。

「こちらですね。三月二十六日に、三月いっぱいの期限で解約されていますね」

「どちらへ引っ越されたかわかりますか？」

「ちょっとこちらではわかりかねますね。一か月前の解約申し出期限を過ぎての解約でしたから、急なお引っ越しではなかったんでしょうか？」

「そうですか。新藤さんは何年くらいお住まいでしたか？」

「え〜と、この契約書類からすると八年弱になりますね」

「長いですね」

「ええ。それが突然……。何かあったんでしょうか？」

「いや、こちらで捜査中のある失踪事件の手がかりを握っている人の知人らしいので、お話を伺おうと思ったのです。解約の手続きはご本人が？」

「そうですね。書類に自筆のサインがあります」

「その時、引っ越しの理由について何か訊かれましたか？　何か変わった様子はありませんでしたか？」

「さあ……。そういえば、解約の手続きにいらした時、少し妙な感じがしたんですが……。どうしてだったか……」

「妙な感じ？」

「ええ」

そう言ってその女子職員は少し考え込む様子になった。少しして思い当たったようにファイルを自分に向け、食い入るように見ていたが、やがて顔を上げ、高瀬のほうを向いて話しだした。

「署名。契約時の署名と解約時の署名の文字が、なんとなく違っているような気がしたんです」

「でも、解約に応じた？　契約時の新藤さんをご存知でしたか？」

「いいえ。契約が八年前ですから、その当時はまだ私はこちらにはいませんでした。それに、先に大家さんから電話で連絡が入っていたんです。引っ越す人がいて、解約には本人が行くからということでした」

「なるほど。事前に大家さんから連絡があったので、多少の疑問が湧いても、すぐ念頭から消えた。と、こういうわけですな？　あなたは新藤さんの契約時、まだこちらに就職はされておらず、解約された方と契約時の方が同じか確かめる術もなかった」

「ええ、まあ」

そこで高須はポケットから先ほど銀行で手に入れた新藤洋子の写真を取り出し、職員に見せた。

「この写真をちょっとご覧になっていただけますか？　少し古い写真ですが、その解約に見えた方はこの写真の方ですか？」

写真をじっと見つめていた女子職員は顔を上げて高瀬に言った。

「雰囲気は似ていますが、同じ人だったかというと……、少し違う気がします。服装や髪型のせいかもしれませんが」

「そうですか。……大家さんから前もって電話があるということは普通のことですか？」

「そうですね……。あることも、ないこともありますが……」

「よろしければ契約書のその部分、コピーいただけませんか？」

「はい。今、コピーをとって参ります」

奥のデスクで責任者らしい四十絡みの男性職員が胡散臭そうな表情を浮かべてこちらを窺ってい

た。

やがて女子職員の持ってきたコピーを手に取り、高瀬はうなった。

「そうですね、おっしゃる通り少しばかり筆跡が違うようだ」

山崎も思わず身を乗り出し、高瀬の手にあるものを覗き込む。

「高瀬さん！」

「ああ」

高瀬は顔を書類のコピーに向けたまま山崎に対して頷き、書類のコピーをもらって女子職員に礼を言い、山崎を促して不動産屋を出た。


外に出て歩き始めたところで山崎が口を開いた。

「筆跡が違うということは、部屋を契約に訪れた人物と解約した人物が同一ではないということですよね。おまけに容貌からも履歴書の写真とは別人の可能性がある」

「そうなるな」

「どういうことでしょう？」

「ふむ。わからん。が、何か妙ではある」

高瀬と山崎は一旦警視庁に戻り、捜査協力の礼を言ってその日の宿舎に引き上げようと刑事課のドアを出ようとした時、不意に呼び止められた。

「高瀬さん、青森県警から電話」

振り返ると、刑事部屋にいくつかの島状に並べられた机の中ほどの席から、一人の刑事が立ち上がり、手に持った受話器をこちらに向かって差し出しながら、出口付近の高瀬たちに向かって呼びかけていた。

「あ、はい。恐縮です」

高瀬は机の島を回り込み、受話器を受け取ると耳にあて、送話口に向かって声をかけた。

「ああ、高瀬か？　今しがた、美幸荘とかいうところの住人から電話があってな。なんでも今日君らの事情聴取を受けたとかで」

「ああ、はいはい」

電話の主は青森県警の係長だった。

「何か思い出したことがあるらしいから連絡してみてくれないか？　連絡先は聞いてある。いいか、〇三―五八三×―七〇××だ」

「わかりました。さっそく連絡してみます」

受話器を返しながら、高瀬は電話を取り次いでくれた刑事に礼を言った。その後で改めて電話を借りると、あまり期待をせずに今さっき県警からの電話で聞いた番号をダイヤルした。

「もしもし？」

「先ほどお伺いした青森県警の高瀬ですが、何か思い出されたそうで、わざわざご連絡ありがとうございました」

「ええ、実は刑事さんたちがお帰りになった後、お茶でも飲もうと台所でお湯を沸かしていて、ふっとガス台の横の壁を見ると、引っ越し屋さんのステッカーが貼ってあって、あまり大きくないので気づきませんでしたが、まだ新しい感じで、もしかしたら前の住人の方が引っ越された時にそこを使ったのかなと思ったものですから。こんなことでもよかったですか？　まだ、東京においでだとは思ったんですが、連絡先が青森県警だったもので県警へ連絡しました」

「はいはい。どうもありがとうございました。重要な手がかりになると思います。それで、その引っ越し業者さんのお名前と電話番号は？」

「はい。丸通運輸。代表〇三―×五九六―三三二×です」

「助かりました。他に何かお気づきの点や思い出すことがあったら、またぜひご連絡ください。ありがとうございました」

重ねて礼を言ってから高瀬は電話を切った。

「山崎。運送屋あたるぞ」

高瀬と山崎は運送会社の所在地を調べ、さっそく事情聴取に向かった。

丸通運輸は、運送業としては老舗中の老舗で、地道に業績を伸ばしている会社だった。すでに夕刻で、敷地内にはその日の引っ越し業務を終えたらしいトラックが数台整然と並んでいた。

業務終了間近の事務室を訪ね、警察手帳を示しながら、来意を告げた。

「今年の三月二十日頃から三月末までの台東区××町の引っ越し依頼の件ですね」

事務員は確認し、机に調べに戻った。まもなく、高瀬たちの前に月ごとの伝票の綴り、三月分と四月分を持ってきた。当該住所の引っ越し伝票を見つけ、高瀬たちに差し出す。

「これですね。三月三十日。引っ越し先は狛江市になってますね」

「狛江……。詳しい住所を教えていただけますか？」

「はい。ただいま、メモをお渡しします」

事務員は引っ越し荷物配送先の住所をメモして渡してくれた。

「ちなみにこの時の引っ越しを担当された方にお話を伺うことはできるでしょうか？」

「え～と、ちょっとお待ちください」

事務員は伝票をチェックしながら、高瀬に向かって話しかける。

「木下と坂田のチームですが……今日も配送に出ていて……でも東京都下の現場なので、もうすぐ帰ると思いますよ。お待ちになりますか？」

「そうさせていただけるとありがたい」

高瀬と山崎は勧められた長椅子——よく病院の待合室などで見かけるビニールクロス張りの焦げ茶色の、角や座面のところどころに擦り切れや破れのある——に並んで腰掛けた。引っ越しを手がけた運転手らに話を聞いたからといって手がかりが摑めるとも思えなかったが、あらゆる可能性を潰していかなければならない。

十五分ほどして、二十代後半と三十代と思しき二人組が帰還し、事務所へ顔を出した。先ほどの事務員がそれに気づき、二人に声をかけた。

「そちらの椅子で刑事さんたちが待ってらっしゃる。何か聞きたいことがあるそうですよ」

二人は怪訝そうな顔をしてお互いを見やった後、高瀬たちのほうへやってきた。

高瀬は名刺を差し出し、先ほどと同じように来意を告げた。

「三月三十日、台東区から狛江市に引っ越した女性の件でお話を伺わせてください」

「はい」

二人は揃って答えた。

「まず、この写真をご覧になっていただけますか?」

新藤の履歴書の写真を渡した。

二人はじっと見ていたが、二人ともポカンとした表情の顔を上げた。

「覚えがないいんですね?」

「ええ。その時引っ越しされた人ですか？　引っ越しの時って大抵バタバタしていて、依頼主の顔ってあまり覚えてないいんですよ」

「そうですか。その時の引っ越しを依頼された方の記憶はあまりはっきりしない。その引っ越しにはなんら変わったところはなかった?」

「そうですねえ、ごく普通に済んだと思います。何かあればかえって記憶に残るはずですから」

「そうですね。いや、お手間をとらせました。ありがとうございました」

高瀬たちは、運転手たちと、事務員に礼を述べ、事務所を辞した。

駅に向かって歩きながら高瀬は誰に話しかけるともなく呟いた。

（新藤洋子が引っ越したんじゃないな。別人だ。新藤洋子になりすましてる奴がいるってことだ。いったい誰だ？　なんのために？　新藤洋子本人はどこへ消えた？）

山崎も同じ疑問を反芻しているに違いなかった。


翌日、高瀬と山崎は、狛江の新藤洋子が引っ越して行った先を訪ねた。

美幸荘と同じような築二十～三十年の木造モルタル二階建てアパートだった。運送屋からもらった住所のメモによると、二階の端から二つ目の部屋が目指す新藤洋子の新居だ。外から見る限りではひっそりとしている。

外階段を上り、二〇二号室の前に立つ。表札に名前はなく、近所のスーパーやファストフード店のダイレクトメールやチラシが郵便受けに溜まっていた。中から人の気配は感じられない。電気メーターや水道のメーターも回っていない。住人はしばらく留守にしているようだ。念のため山崎が呼び鈴を押してみたが、もちろん応答はなかった。

隣室の者ならこの部屋の主のことについて何か知っているかもしれない。両隣の部屋の呼び鈴を押してみるが、どちらも返事はなかった。部屋の作りからすると、住人は独身の勤め人か学生が多いだろう、平日のこの時間帯では住民を捕まえるのは難しいと思われた。

「誰もいませんね」

山崎の言葉に高瀬は黙って頷く。

掲示してあった管理者の不動産屋に連絡を入れ、会社の所在地を尋ね、訪問する旨を伝えた。

応対に出た事務員は新藤のことはあまり覚えていなかった。銀行で手に入れた洋子の写真を見せても反応は鈍かった。新藤洋子のことが記憶に残っていないだけなのか、そもそも引っ越してきた人物が別人だったからなのかは確かめようもなかった。何より意外だったのは、このアパートは引っ越してきたばかりだったにもかかわらず、ひと月ほど前にすでに解約され、引っ越し荷物も、その折廃品回収業者が来てきれいに処分していったという事実であった。

新藤洋子の消息はそこで途絶えた。


なんとも不可解な行動であったが、ひとまずこの線からは撤退して、松木杏子のほうを当たってみることにした。

まず、神奈川県の繊維メーカーを訪ねた。

ここでの人事担当の者との話では、杏子は十年近くも勤めたものの、その後突然退職していた。郷里で不幸があり、退職したい旨の申し出があったのは、無断欠勤の数日後だったとのことだった。

当時のことを知る古参の従業員を呼んでもらい話を聞くことができた。わかったことは、杏子の勤務態度は概ね真面目で、どちらかというと暗い印象で口数も少なく、北国出身者らしく色白で男好きのする美人であり、ここの工場における数年の勤務中、後半の三〜四年は現場の主任と不倫関係にあったらしいとの噂話程度の情報だけだった。

やはり男の影はあったが、それは杏子の突然の退職と何か関係があるのだろうか。親しくしていた者もあまりいなかったらしい杏子のその後については、そこではそれ以上の情報は得られなかった。

ここの人事課からも履歴書の写真と社員旅行の時の数枚の写真のコピーをもらい、工場を後にした。

警察で調べたその後の勤め先も回ってみたが、勤めていた飲食店もいくつかはすでに潰れており、店自体は残っていても経営者が替わっていたり、当時を知る者がすでにその職場にはいなかったりと、大した情報は得られなかった。ただ一件、住み込みで働いていたパチンコ店では、店長との中を邪推した店長の妻が店に乗り込み、他の従業員の前で酷くなじられた後、店を辞めたという話が聞けた。ただし、この妻の疑った店長との仲は、店長が一方的に熱を上げていただけで、どうも事実無根であったらしい。

「大したネタも挙がってきませんねえ」

山崎が高瀬に言うともなく口にした。

高瀬は新藤洋子の転居先を管轄する所轄署にできる範囲でのアパートの監視を頼み、一旦、宿泊先のビジネスホテルへ引き上げることにした。

新藤洋子の行方も、松木杏子の神奈川時代以降の生活の軌跡も大した情報を摑めぬまま、高瀬と山崎はビジネスホテルの一室で額を付き合わせていた。

彼女ら二人に犯罪歴があるわけではなく、犯罪の匂いがするわけでもない。だが、なぜか引っかかる。

死亡事故があったと疑われる連絡船にたまたま乗り合わせた乗客の中で、その前後に突然転居していたり、行方がわからなくなった二人の女性。

あの水死体とはなんの関係もないのだろうか？

いいや、そんなことはありえない。

手元にある少ない材料ではなんとも断定するわけにはいかないが、それでも刑事の勘は「大いに関係あり」、と結論づけていた。

十五

翌日、高瀬たちの宿泊先のホテルの部屋に青森県警の捜査本部から連絡が入った。

「溺死体の身元が割れました」

「何？」

捜査本部全体の色めき立つ様子が目に浮かぶようだった。

「該当する人物は浜田三郎、三十八歳。歯科医師会を通じた全国照会で上顎の歯科治療痕がヒットしました。東京に本拠を置く暴力団木嶋組の構成員です。これは、去る三月十六日の青函連絡船乗船名簿の連絡の取れない男性三名のうちの一名と一致します」

「東京のヤクザ？　東京のヤクザがなんであんな北の果てで海に浮かぶんだ？」

高瀬は訝った。

青函連絡船からの転落事故の犠牲者と思われる溺死体の身元が東京のヤクザ。その事故現場となったらしい青函連絡船の乗客の中で消息不明になっている女性の、消息を絶つ前の住所も東京。乗り合わせた直後に郷里に帰省したと主張する女性の前の住所も東京。これらは偶然か？　それとも……。いいや、断じて偶然ではない。新藤洋子の背景をもう少し探ってみるべきだ。

高瀬は電話の相手に、山崎と二人、新藤洋子についてもう少し突っ込んで調べてみる、と告げて電話を切った。

それまで今までの捜査資料に目を通していた山崎が、ある事実に気づき高瀬に告げた。

「この記録を見ると、新藤洋子は最近贈収賄事件で話題になった第一興殖銀行に十数年勤め、問題の事件が明るみに出る少し前、突然退職しています」

「なに？」

高瀬の頭の中ではとたんに警報が鳴り響いた。

「うむ。あの記事をそもそも発表したのはどこだった？」

「確か、『首都日報』だったと思います。初めはあまり騒がれませんでしたが、社共党の機関紙が大々的に取り上げ、それについて社共党の代議士が国会の委員会で質問してから、マスコミでも大きく取り上げられるようになったと記憶していますが」

「ふむ。ということは、新藤洋子は内部情報をリークして、発表前にトンズラしたってことか？」

「だから表に出てこられないわけですね」

「暴力団とはどう繋がる？……情報をネタに強請《ゆす》りでもはたらこうとしたか？　それとも、情報のためにただ利用されて消されたか？……よし、記事にした人間に会いに行くぞ」

高瀬たちは『首都日報』の本社を訪れた。

受付で来意を告げると編集部に通され、部屋の隅のパーティションで区切られた応接スペースに案内された。

まもなく現れた岸本という編集長は人懐っこい笑顔の中年男だったが、『首都日報』を率いるだけあって、昔はかなり鳴らしたという雰囲気を物腰の端々に漂わせていた。

高瀬が岸本に名刺を渡しながら切り出した。

「青森県警の高瀬といいます。こちらは同じく山崎。さっそくですが、先日のＯＤＡ絡みの贈収賄記事について少々お聞きしたいことがあって伺いました」

「何でしょう?」

「記事の情報はどちらから得られたのでしょう?」

「それはお答えいたしかねます」

「事件の捜査上必要なことです」

「記事の情報源に関することは我々にとって非常に大事なことです。たとえ警察であっても簡単にお答えするわけにはいきません。どうしても、とおっしゃるなら、令状をお持ち下さい」

「ごもっともです。ですが、これは捜査に関わる重要な問題です。何とかお話しいただくわけにはいきませんか」

「事件とは?」

「それこそ、捜査上の秘密で明かすわけにはいきません」

「困りましたね。これでは埒があきません」

岸本には姿を現した時の笑顔はなく、高瀬も打開策を見つけようと考えを巡らしていた。

(情報を引き出すためには、こちらもいくらかは手の内を晒す必要がある)

やがて高瀬が口を開いた。

「我々が追っているのは身元不明の遺体に関する捜査ですが、その捜査線上に浮かんだ人物があなた方の記事の事件とどうも関連があるようなのです。その人物と接触したいのですが、行方がわかりません。それで、こちらの記事の情報を持っていた方が、我々の接触したい人物と近いところにいる人間か、あるいは同一人物ではないか、と思いまして」

岸本も考えていた。

（官憲に情報を渡すことは自分の信念に照らして許されない。だが、高木の弔い合戦となれば話は違ってくるのではないか？　官憲に協力することには忸怩たる思いがあるが、同業の志の死の真相に近づくため、巨悪を白日の下に引きずりだすためには、多少の妥協も必要ではないか？）

岸本は意を決し、徐《おもむろ》に話し始めた。

「まあ、あなた方に話す義務はないんだが……。実は私はネタ元を直接には知りません。といっていい加減な取材だったわけではもちろんありません。あの記事は友人の雑誌記者から持ち込まれたものなんです。彼はとても有能な信頼できる人間です。しっかりした証拠書類を持ち、ネタ元にも直接接触して事実関係を確認しているというので記事にしました。あの記事に絡んでもう一人、大手雑誌の記者が亡くなっています。もともとはその亡くなった記者が追っていた記事でした」

「どうしてスクープとも言えるほどの記事が、複数の記者の手から手へ移ることになったのですか？」

「う〜ん、そうですね。ネタの性質上、雑誌発表にこぎつけるためにはなかなか困難が伴った。政財界に大きなバックのない、すなわち、しがらみのないうちのようなところでしか記事にすることができなかった、ということでしょうな」

「困難とは？」

「刑事さん相手にこんなことを言っていいかどうか。……たとえば、政府に都合の悪いネタを追っていたフリーの記者や学識者が、電車で痴漢行為をしたとして逮捕される、とか、電車に飛び込んだり、車に撥ねられたり、首をつったり、不慮の事故死を遂げるなどということが頻繁に起きています。

今回の記事もそうだった。政財界のスキャンダルを暴いた記者は記事を仕上げたところで自殺してしまった。この男も自殺なんかする人間じゃない。ましてスクープ記事をものにしたばかりだ。死亡の状況も腑に落ちないものだった。

それでも警察はその記者の死を早々と自殺と断定し、事件にはしなかった。私が警察を信用しない訳もそこら辺にあるわけです。そこで亡くなった記者の同僚で親友だった別の記者が、その記事に日の目を見せようと僕のところに持ち込んだ、そういうことです」

「マスコミも、なんのしがらみもなく、全ての情報を記事にできるわけではない、と？」

「もちろんです。政府はじめ、この世界を仕切ってる奴らの顔色を窺ってなきゃ記者も会社も存続できない。スポンサーは財界だし、お上の機嫌を損ねたら文字通り消されるってことさえありうる」

そういうこともあるのだろう、いや、あって当たり前だと高瀬は内心思った。

「その自殺された記者さんのところへ記事の話を持ち込んだ方というのはおわかりになります

か？」

「いや。それは聞かない。記者が生涯にスクープをものにできる機会は数えるほどしかない。スクープとはいかないまでも、まともな記事を書くためにはある程度の情報源を抱えている。僕のところに記事を持ってきた人間はその人と接触し、記事の真偽を確かめた。もちろん証拠となる資料も確かめたうえで、僕のところへ持ち込んだってことです。その資料は僕も見て納得し、今も手元にあります。

もちろん、基本的には自分たちでウラを取ります。ただし、今回は事情が違った。元々の記事を書いた記者が不審な死を遂げ、私の所に記事を持ち込んだ者によると、その情報源と思われる人物は一度ならず身の危険に晒されている。しかもその周囲には官憲と思われる監視の目があったというこどでした。だから、その人物の安全のために、その人物と直接連絡を取ることはしなかったし、会うこともしなかった。

それでも我々なりに資料と記事の精査はきっちりとしましたよ。矛盾はないか、齟齬はないか。周辺事情も含めて。それが真正なネタであることを確信できなければ記事にはしなかった。その後の政財界の動きを見れば、その記事に報道されたことは事実であったと証明されている」

「確かにそうですね。では、その記事を持ち込んだ方について教えていただけませんか？」

「何か問題でも？」

「いや、先ほども言ったように、身元不明の遺体の捜査中なのですが、その捜査過程でどうしても確認したい人が何人かいます。そのうちのひとりがどうもあの記事にある銀行と関係がある方のようなので、念のためお話を伺っておきたいだけです」

詳細を話すわけにはいかないが、向こうも事件のプロだ。ある程度の情報は出さないと相手から情報を引き出すことはできないと考え、高瀬は捜査内容のアウトラインだけを伝えた。

「う〜ん……」

岸本は片手で頬をさすりながらどうしたものか悩んでいる様子だった。やがて、意を決したように体を乗り出すと高瀬に言った。

「まず、僕が向こうに連絡を取ってみます。そのうえで改めて連絡させていただくということでは？」

「もちろんそれで結構ですが、ただ、あまり時間がないのです。捜査の一環で出張して来てまして、一両日中には青森へ帰らなくてはいけません」

「わかりました。今連絡を取ってみますので、しばらくお待ちください」

岸本は電話のために席を外した。五〜六分して高瀬たちのところへ戻ってきて告げた。

「彼は大手の雑誌記者です。ただし、さっきもお話ししたようにそこではあの記事を発表することができなかった。つまり、会社に直接尋ねられてはいろいろ差し障りがあるということです。彼は場所を指定しました。会社から少し離れたところにある喫茶店です。ここに場所と名前が書いてあります。こちらへ行ってみてください。一時間後です」

そう言うと、手に持っていた一枚の紙切れを高瀬に渡した。

「ありがとうございます。お手数をおかけいたしました。ではさっそく向かいます」


文京区は文字通り文教の街だ。日本で最難関とされる国立大学が同区内にあり、日本最大のメガ大学の付属中、高校、有名女子大などがある辺りに文談社はある。そこからそう遠くない指定された喫茶店に着くと、奥のボックス席に座っていた三十代後半と思しき男が立ち上がって会釈をした。

高瀬たちはまっすぐ男のほうへ進んだ。

「澤井さんですか？」

声をかけると男は頷き、椅子から腰を上げた。

「よくわかりましたね」

高瀬が挨拶代わりに言葉をかける。

「まあ、人の観察が仕事ですから。それに、刑事さんたちは独特なオーラを発しているから。『現代経済』の澤井といいます」

澤井は名刺を差し出しながら会釈をする。

「そうなんでしょうな、困ったことに。初めまして、青森県警の高瀬といいます。こっちは山崎」

簡単な自己紹介をすると手短に来意を告げた。澤井は
「情報提供者についてお知りになりたい、ということですね」

「そうです」

「私もあまり詳しくは知りません。もっとも、知っていたとしてもお教えできないこともあります」

「岸本さんにもそう言われました」

「そうです」

「では、こうは考えられませんか？　お知り合いの亡くなられた記者さんの無念を晴らす。真実を突き止める。なんとしても事実を明るみに出すために、協力し合うというのは？」

「失礼ですが、あなた方は青森県警の刑事さんですよね。高木が死んだのは東京です。東京で起こった事件にそちらが関与することは、管轄の問題で不可能なのでは？」

「確かにそうです。その事案に直接関係することはできません。ただ、我々の追っている事案とその記者さんの事案に共通の人物が関わっていると考えられる節がある。我々の捜査が進めば、その事件もきっと解決します」

澤井は高瀬のいうことを考えた。

（確かに警察は信じられない。事実を闇に葬りかねない連中だ。だが、目の前の彼らが警視庁の人間ではなく、高木の事件には直接関与しないということが、この場合、都合がいいのかもしれない。彼らの追っている事件の関係者が高木の一件に関わりがあるのなら、そこから高木の自殺という結論に綻《ほころ》びを生じさせることになるかもしれない。自殺とされた高木の事件が手詰まりな今、彼らに賭けてみる価値はないか？）

　澤井も話すことにした。

「佐藤さんと名乗っていました。同僚の高木が亡くなったとき、私は彼の死の真相について知りたいと思い、高木のいた『週刊現在』の編集部に行き、彼が亡くなる直前に大きなスクープをものにしたと知ったんです。高木の周辺で、記事の原稿と証拠の資料、情報提供者に繋がるヒントを見つけ、こちらから情報提供者に接触した、というわけです」

　それから澤井は、高瀬たちに杏子と接触するまでの詳しい経緯を話した。

「ということは、記事の発表について妨害があった、と？」

「それは、高木が亡くなったことからも明らかでしょう」

「ふむ」

　高瀬には返す言葉がない。

「それで、その情報提供者の方には今お会いできますか？」

「さあ、どうでしょう。僕もその人について詳しくは知らないし、連絡も取っていません」

「そうですか。ご心配ではないですか？」

「それは……」

　しばらく間があった。

「ああいった記事の性質上、自分の身の安全のためにしばらく身を潜めるのではないでしょうか」

「連絡の手段はお持ちで?」

「確かなものではありません。働いていたところがわかるくらいです」

「その方はちなみに女性ですな?」

「え?」

澤井は不意を突かれた。

「こちらの写真を見ていただけますか?」

高瀬はまず、銀行で手に入れた新藤洋子の写真を見せた。

その写真を見た澤井は、内心、先日加賀谷が送ってよこした銀行の履歴書の新藤洋子の写真だと思った。

次に高瀬は、集団就職先の元同僚から得た杏子の写真を見せた。とたんに澤井の顔つきが変わった。

「こちらの方ですな。その情報提供者は」

澤井はほとんど無意識に頷いていた。

「どうして警察がその女性の写真を持っているのですか? 彼女は何か犯罪に関係しているのですか?」

「まあ、企業の内部資料を外部に持ち出し、しかもマスコミに持ち込むというのは、動機がなんであれ、会社にとっては一種の背任行為には違いない。非合法で手に入れた情報というのは、犯罪スレスレであることが多い」

高瀬は穏やかに言った。

「ま、企業内部の人間が直接手に入れた情報を第三者にリークしていれば、の話ですが」

「彼女は無事ですか？　今どこにいますか？」

「ご存知ない？」

「ええ」

「恐らく身を隠しているのではないかと……」

「あなたが先ほど見覚えがあるとおっしゃった二枚目の写真の女性なら、首都圏から遠く離れたところで今のところ無事でいます」

「そうですか」

「ところで、その情報漏洩に関して、何か他に情報はありませんか？　背後関係とか」

「さあ、……彼女は高木のことをとても気にかけていました。不正を白日の下に晒したいという考え以外には何も望んでいない感じでした」

「なるほど。で、その方が資料を入手した経緯《いきさつ》については何かお聞きですか？」

「それはわかりません。ただ、個人的な伝《つて》で調べたところ、第一興殖銀行で資料を手に入れることができる立場にいて、しかも、事が公になる少し前に突然銀行を退職した女性がいました。この女性が情報をリークしたのではないかとは思っています」

高瀬は手持ちの情報をぶつけて澤井の反応を見ることにした。

「その女性は新藤洋子さんという方ではありませんか？」

一瞬澤井の動きが止まった。

（ビンゴ！）

「どうしてそれをご存知ですか？　それが、さっきの一枚目の写真の女性です」

（やっぱりそうか。情報源は新藤洋子だ）

「でも、私に情報を提供した人物は二枚目の写真の女性です」

高瀬は確信を得た。

（要するに、ＯＤＡ絡みの大規模贈収賄事件の鍵を握る証拠資料の流出元と思われる女性が、事故ないしは変死事件があったかもしれないと推測される青函連絡船に乗り合わせ、その後の足取りが摑めないということだ。さらに、同じくその船に乗り合わせ、その後その人物になりすました疑いのある女性もいる。そうしてみると、変死体も事件とは無関係ということはないな。松木杏子に関して言えばその渦中にいるか、そのへんの詳しい事情を知っている可能性が高いということだ）

「まあ、たまたま行方を追っている女性と、さっきの銀行職員の状況が一致したもので」

その説明で澤井が納得したとも思えなかったが、捜査上の秘密ということもあり、これ以上の説明の義務もないのは当然だった。

「お忙しいところ、ありがとうございました。大変参考になりました。今後また、二、三お尋ねしたいことができるかもしれませんが、その際は何分よろしくお願いいたします」

高瀬と山崎は礼を言うと喫茶店を後にした。


「松木杏子にもう一度事情を訊かないといけないな」

地下鉄の中で高瀬が山崎に言う。

「そうですね。……彼女が新藤洋子や、連絡船の浜田三郎を殺したんでしょうか？」

「どうだかな。澤井って記者の話じゃ、杏子と思われるその女の印象は悪くなさそうだったがな。この前話した時も何か隠しごとはありそうだったが、人殺しまでするようなタマには見えなかった」

「ですね」

高瀬と山崎は警視庁の刑事課へ寄り、帰省する旨を伝え、世話になった礼を述べたついでに木嶋組の概要を記した資料のコピーももらった。

警視庁を後にし、上野駅へ向かう途中、昼食がまだだったことに気づき、高瀬と山崎はたまたま通りで見つけた蕎麦屋に入り、山崎は親子丼、高瀬はおかめ蕎麦を注文した。店内のテレビでは、午後のワイドショー番組が流れていた。見るともなくテレビを見ていると、

〝葛西臨海地区の埋め立て地で三十代後半と見られる男性の遺体が発見されました。遺体は多数の

外傷を負っており、警視庁は殺人事件と見て捜査を開始した模様です〟

（三十代男性の死体。……新藤と同じくらいの年だな）

そう高瀬が思った時、山崎が言った。

「また、殺しのヤマですね」

「山崎、葛西署に顔を出してから帰るか」

山崎は黙って頷く。

二人とも運ばれてきた食事を、どうしてこんな時に熱いものを注文したんだ、と我が身を呪いながら、喉に流し込んだ。

＊

死体の発見された葛西臨海地域は昭和五十九年に策定された葛西臨海公園基本計画に沿って、東京湾臨海地域の再開発を目的として大規模に行なわれている臨海公園建設予定地域であり、埋め立て工事を始め、大々的な建設工事の真っただ中にあった。

葛西地区を管轄する葛西警察署は昭和五十七年五月に小松川警察署から分離開設された。高瀬たちはこのまだ新しい警察署を訪れ、刑事課へ回り、青森県警で捜査中の事件の参考人と思われる人物との関連性が疑われるため、として情報提供を求めた。遺体は現在東京都監察医務院にて司法解剖中とのことであった。幸運なことに高瀬たちは監察医務院に出向き、解剖中の遺体に対面させてもらうことができた。

その遺体の体躯に施された見事な弁天小僧の彫り物を見て山崎が言った。

「ヤクザものですかね」

「ああ」

顔面は殴打によると思われる内出血と腫れのため、生前の容貌を想像するのは難しかった。他に体中に多数の刺し傷があり、自慢だったであろう弁天小僧の顔も無残に傷ついており、手の指は全て近位指節関節（指の末梢から二つ目の関節）で伸側（手の甲側）に折られていた。拷問の果ての惨殺と見られた。

（極道の落とし前だな）

凄まじい陵辱の痕跡から、高瀬はそう判断した。

「先生、死亡推定時刻などはわかりますか？」

解剖を執刀している病理医に尋ねる。

「死体の腐敗の進行度などから、死後恐らく三ないし五日。死斑の状態から、死亡した場所と発見場所は異なる、すなわち、犯行現場から発見場所まで遺体は移動され、遺棄されたと思われる」

死体が自ら歩いて移動するわけはない。暴力の果ての殺人、死体遺棄であることは間違いないようであった。

この殺人事件とも新藤洋子、あるいは松木杏子は、関連があるだろうか。

十六

津軽。

杏子はあの日、渋谷のホテル前からそのままタクシーを渋谷の駅まで走らせ、山手線で上野駅に出、東北新幹線に飛び乗って北へ向かった。盛岡で新幹線を降りると、在来線の特急で青森に着いたのは深夜になっていた。明朝の奥羽本線の始発まで、杏子は連絡船の待合室で時間を潰すそうと、長い長いホームを陸奥湾に向かってはずれまで進み、さらに長い跨線橋を渡って、青函連絡船の待合室に入った。懐かしい匂いがした。

（思えばすべての始まりがここだった。ここから連絡船で函館へ渡り、新藤洋子の死を目撃し、ほんの出来心で新藤洋子の持ち物を私が手にしてしまったことで、高木やＴＡＴＣの開発部長榊が命を絶たれた。そんな目にあった人が他にもいるかもしれない。自分のせいで多くの人が命を絶ち、社会的地位を奪われた。自分の母親の人生までも狂わせてしまった。自分の命を危険に晒し、振出しに戻ってきた。何ということをしでかしてしまったのだろう）

罪悪感を抱えて暗い海を見つめていると、真っ暗だった空がやがて濃い群青から紺碧、青と次第に明かるさを増していった。

夜が明けると杏子は、列車乗り場まで戻り、奥羽本線各駅停車に乗って川辺まで行き、そこで降りてホームの待合室でしばらく弘前方面から来る五能線の上り列車を待った。やがてホームに入って来た五能線の列車に乗り込むと、やっと安心できる気がした。川辺から七つ目の駅で降りると祖母が一人で住む家はまもなくだ。

家に着くと、祖母は仏壇に燈明をあげているところだった。杏子を認めると、まるで日常のことであるかのように

「ご飯、食べるか?」と声をかけてきた。

杏子はつい涙をこぼしそうになったが、辛うじて堪え、

「うん」とだけ答えた。

元の松木杏子としての生活が始まった。

＊

夜行の寝台列車に乗って青森に帰り着いてすぐ、高瀬たちは再び杏子を訪れた。

「こんにちは。申し訳ありませんが、また少しお話を伺わせてください」

「はい」

杏子は素直だった。もはや隠し通せるものではないと覚悟を決めたのだろうか、と高瀬たちが思うほど杏子の態度は落ち着いていた。

「まず、前回お訪ねした時にお見せした写真を、もう一度ご覧いただきたいのですが」

と言って高瀬は胸ポケットから新藤洋子の写真を取り出し、杏子に見せた。杏子は写真をじっと見て、高瀬に返してよこした。

「あなたは、前回、この写真の女性に見覚えはないとおっしゃった。本当でしょうか？」

「はい」

杏子に嘘をついている様子はない。観念して全部話す気になったとさっき感じたのは勇み足だったか。と高瀬はそう訝った。

「全く心当たりがない？」

「顔はわかりません。ただ、行方がわからない女の人に心当たりがないか、と言われれば、それがその写真の女性かどうかはわかりませんが、あります」

杏子は話しだした。

「この前はきちんとお話ししなくて申し訳ありませんでした。青函連絡船で、たまたまデッキにいた時、立ち入り禁止区域の中にいた女性が海に転落するのを目撃しました。その人かもしれません」

（ん？　女？）

高瀬は混乱した。

（連絡船から落ちたと思われ、今捜査が行なわれている水死体は男性のはずだが……）

杏子は高瀬の疑問をよそに淡々と話し続けている。

「女性がいた辺りにすぐに駆け寄ってみました。そこには当然人影はなく、女性が立っていたと思われる辺りにバッグとB5サイズくらいの茶封筒が落ちていました。バッグの中には、免許証や財布、部屋の鍵、パスポート、生活に必要なものは全て入っていました。免許証やパスポートからその女の人の名前は新藤洋子さんだとわかりました」

「新藤洋子さんという名義の運転免許証とパスポートがバッグの中にあったということですね」

高瀬と山崎はお互いに目配せし、心の中で快哉を叫んでいた。

杏子の話はなおも続く。

「その時は気が動転して……、でもなぜか、それらの持ち物を見た時、咄嗟に他に目撃者がいなかったかを確かめ、誰にも知らせないでおこうと考えてしまったのです。今から考えると、どうしてそんなことをしてしまったのか……。すぐに船員さんに知らせて、なんとか救助の手立てを考えるべきでした。……私は、そのまま、誰にも知らせず、船を下りました。それから東京へ戻り、数日間運転免許証の住所にあったアパートへ行って様子を窺いました。誰も部屋の主《あるじ》を気にかける様子もなく、そのままその部屋の住人になりすますことができそうな気がしました。それで部屋に入り、持ち物を調べて初めて、船の上で拾った茶封筒の中身は銀行の出納簿のようなものの一部だと思えました。

自分でそのことについて調べ始めた時、不審な車に連れ込まれるか轢かれるかしそうになったところを文談社の高木惣一郎さんという人に助けられたのです。彼は文談社の『週刊現在』の記者で、彼が追っていた記事と私の持っている資料が関係しているらしいことを教えてくれました。二人で情報を交換し、高木さんが記事として発表することになっていたのに、高木さんはまもなく亡くなっているのが見つかった。自殺とされていますが、もちろん、自殺だったはずがありません。記事の雑誌掲載についてとても意欲的だったし、何か気に病んでるようなところは全然ありませんでした。たぶん殺されたんだと思います。記事の影響の大きさを考えると一介の週刊誌記者の命なんてなんとも思わない人たちがたくさんいるってことですよね」

杏子は一旦言葉を切ると、同意を求めるような視線で高瀬を見た。

高瀬は話の先を促すように黙って杏子を見返していた。

杏子は続けた。

「なんとか高木さんの記事を発表して欲しいと思って、『週刊現在』に連絡を取ってみたりもしました。でも、取り合ってもらえませんでした。どうしたらいいのかと思い巡らしながら、身を隠すようにラブホテルでアルバイトをしていたある日、通勤の電車の中で『週刊現在』と同じ発行元の文談社の澤井さんという記者の方に話しかけられ、後で連絡を取るよう言われました。ずいぶん周囲に気を配っているようでした。

その日の夕方会社に電話を入れ、会うことを決めました。私の勤めるラブホテルで面会し、資料も全部渡しました。その後澤井さんは自分の社では発表できないが、どんな形ででも世に出してくれるとおっしゃってくださり、その通りになりました。『首都日報』に記事が発表され、その後どうなったかはご存知の通りです」

そこまで話し終わって杏子は初めてため息をつき、救いを求めるような目で高瀬を見た。

「高木さんが亡くなられた時、不審だと思ったのなら、警察へ届け出ることもできたはずでは？」

高瀬の言葉に杏子は困惑した様子で答えた。

「記事の元になった資料の入手の過程は、決して人に、まして警察に言えるようなことではなかった。盗んだと言われれば間違いなく窃盗だし、海に転落した人があったことを届けなかったことは、へたをすると殺人の罪に問われるかもしれない。とても、警察に行けるような状況ではなかった」

「ふむ。確かに。では、もう一度確認しますが、連絡船で見かけたという転落事故の当事者は女性で、名前は新藤洋子さんというらしいが、顔はわからない。ということですね」

「はい。背丈も私くらい、中肉中背で、セミロングの髪にベージュのトレンチコートを着ていました。でも、顔は私のいたところからは見えませんでした」

「ふむ。今のお話ですと拾得物隠匿と、悪くすると未必の故意による殺人さえ問われかねない罪を犯したということになる」

「はい。重々承知しています」

「ところで、その時、他に不審な人物は見ませんでしたか？　男性はいませんでしたか？」

「男の人ですか？」

「はい」

「新藤さんが飛び込んだ時には、周りに誰もいませんでした。他の時も普通のお客さんしか見てませんが。……あ、待ってください。そういえば、いつも二人でいる目つきの良くない男の人たちを二、三度見かけました。誰かを見張っているような……」

「目つきの悪い二人組……」

（まるで刑事じゃないか）

高瀬は心の中で苦笑した。

（単独行動のヤクザもんは見ていないか……）

「これまでのところ、津軽海峡、及び陸奥湾内では、あなたのおっしゃるような女性の水死体は発見されていません。確かに拾得物の隠匿、不正使用と、住居移転の際などの有印私文書偽造など、細かくいえばいろいろ罪状はあるでしょうが、いずれ署で詳しいお話を伺い、調書を作成することになると思います」

（杏子が嘘を言っているとは思えない。彼女が連絡船で見た転落者は女。もう一体、女性の遺体があるということか？　では、あの陸奥湾で発見された男性の遺体はどこで海に入った？　連絡船や杏子には無関係なのか？）

高瀬には謎が深まるばかりだ。

杏子は観念している。逃亡を企てることはあるまい。もしも新藤に対して何かしら危害が加えられていたとして、それが機密漏洩に対する報復なら、その公表に一役買った杏子にもまた危険が迫る可能性がある。それは、危険であると同時に犯人逮捕という可能性も孕むということだ。話の様子では、杏子はさほど深く事件の裏側を知らないようだ。このまま署に連行して取り調べをしても先ほどの話以上の成果が得られるとは思えない。それよりも野に置いてそこに集まってくる虫たちを捕捉するほうが事件解決の近道であるように高瀬には思えた。

「今から警察に行かなくていいんでしょうか？」

杏子が尋ねる。

「あなたは逃亡するとは思えない。女性の水死体の発見の事実もない。もう少し周辺の事情を固めてから、改めてお迎えに上がります。ただし、許可なく遠出はしないでください。何かあったらすぐ連絡してください」

「はい。わかりました。よろしくお願いいたします」

高瀬と山崎は杏子の家を後にした。

「高瀬さん、どういうことでしょうね。彼女は連絡船の上から女性が転落するのを見たと言い、陸奥湾から上がった水死体は男性だった。僕には彼女が嘘をついているようには見えませんでした」

「ああ。嘘は言ってないだろうな。ということは、他にもう一体女性の水死体があるということになるが、こんな片田舎の海でそうそう溺死体が上がるとも思えない。もし仮に、松木杏子の見た転落者と陸奥湾で上がった仏さんが同一人物だとしたら言えることは一つ。その転落者は新藤洋子ではないということだ」

「そうですね。では、その場合、新藤洋子はいったいどこに消えたのでしょうか」

「どこかで死んだか。あるいは死んではいないか。いずれにしても消息を確かめる必要がある」

「ですね」

高瀬と山崎は県警本部へ帰り、松木杏子の身辺警護と監視の手配を指示した。

*

「主任、被害者の身元が判明しました。前科三犯、木嶋組若頭、斎藤浩、三十八歳」

葛西警察署に設けられた「葛西臨海地区男性刺殺事件捜査本部」における捜査会議で、若い刑事が報告した。

「害者は未成年時代に補導歴があり、その後も何度か暴力沙汰を起こして収監されています。その際取られた指紋と害者の指紋が一致、特徴のある彫り物、歯の治療痕照合などの結果、身元が判明したものであります」

「ヤクザもんかい。おい、そういえば、青森県警の刑事《でか》さんたちも、木嶋組のヤクザもんの仏さんの話をしてなかったかい?」

別の若い刑事が答える。

「はい。確か青森県内、陸奥湾で発見された溺死体が木嶋組のなんとかいうチンピラだったそうで、その足取り捜査のために上京したと言っていました」

主任と呼ばれた年嵩の刑事が言う。

「最近ヤクザ同士の出入りの話も聞かないが、同じ組からそう間を置かず二人も仏さんが出るたあ穏やかじゃないね」

「はい。丸暴対策の者に聴いてみましたが、最近では特に組関係の揉め事はなかったようです」

若い刑事が受けた。

「そうか……」

若い刑事が続ける。

「その丸暴対策の刑事によりますと、この木嶋組と先頃、政府開発援助絡みの汚職事件で問題になった第一興殖銀行とは、浅からぬ因縁があるようで……」

「どういうこったい？」

先ほどの年嵩の刑事が言った。

「第一興殖銀行の株主総会を取り仕切っているのが、木嶋組だということです」

すかさず年嵩が言う。

「木嶋組が第一興殖銀行の総会屋ってことか。おい、第一興殖、誰かあたってくれ」

「はい」

大向こうから声と手が上がる。

「葛原、解剖所見もらってこい」

「はい」

遺体の身元判明を伝えた若い刑事が返事をする。

捜査本部は一気に活気づいた。

「誰か例の記事を書いたところへ行って情報源を確認して来い」

「はい」

また誰かが声を上げる。

「情報源の背後関係もだぞ」

「押忍」

使命を帯びた刑事たちがばたばたと捜査本部を飛び出していった。


夕方七時を回って、捜査本部にはその日の聞き込みを終えた刑事たちが帰ってきていた。まもなく捜査会議が始まった。

捜査一課長が口火を切る。

「西田、第一興殖のほうはどうだった？」

西田と名を呼ばれた若い刑事が席を立つ。

「ええ、第一興殖銀行人事部によりますと、勤続十七年のベテランの出納係の女性行員が、今年三月、突然一身上の都合で退職願を出し受理されています」

「その、一身上の都合ってのは何なんだ？」

「不明です。突然退職願の電話があり、私物も銀行で処分してくれと言われたそうです」

「そんなもんか？　臭いな。普通は退職願を書いて直属の上司に持って行って、一言挨拶するのが筋だろうが。十七年も努めてりゃあ私物の中にも、人に見せたくねえもんも溜まってくるだろうが」

「はい。向こうの人事課の者も、突然の退職には腑に落ちない感じがした、と言っていました」

「ふうむ」

一課長が考えにふけるような表情を浮かべ、しばらく口を噤む。代わって別の若い刑事が手を上げた。

「それで少し気になって、その行員のことを調べてみました。この女性は害者とは中学の先輩後輩で、どうも悪仲間だったようですが、立ち回り方がうまいのか、経歴には傷がついていません。中学卒業後、害者は私立高校へ進学し、この女性は公立高校へ進学しましたが、付き合いは続いていたようです。その後、斎藤は非行のため二年で高校を中退、在学中から出入りしていた木嶋組の盃をもらっています」

「ヤクザもんに銀行員のスケか……。そんな繋がりがあったんなら、普通は銀行員にはなれないいんじゃないか？」

「直接書類に出てくるような傷はありませんから」

「よし、その行員、もう少し洗ってみてくれ」

「はい、山さんが周辺の聞き込みに回っています」

「そうか。何かわかったら報告してくれ。ま、害者の様子じゃ、ヤクザ絡みの揉め事の線が強いだろうがな」

「はい」


他には特に進展もなく、捜査会議は終わった。仕出しの弁当とお茶を受け取って捜査員たちは空腹をしのぐ。多くの者はその後、階上の柔道場に並べられた布団に雑魚寝する。見かけはまるで修学旅行のようだ。そこで束の間の休息を取った後、翌朝からまた捜査員たちはそれぞれの持ち場へ散っていく。

*

「高瀬さん、東京葛西の仏さん、身元が割れたそうです。こっちも木嶋組の構成員でした」

「ふ〜ん。……木嶋組の構成員が時を置かず二人も仏さんで発見かい。木嶋組の内輪揉めかあ？」

「東京の埋め立て地と津軽海峡。ずいぶん離れてますね。どんな繋がりがあるんでしょうか？」

「松木杏子も心当たりはなさそうだったが、連絡船からの転落者の目撃ってのが引っかかるな……。

木嶋組と第一興殖、新藤洋子の間に何か関係はあるのか？」

「それがですね、木嶋組は第一興殖銀行の総会担当の組だったらしいです」

「そいつは面白いネタじゃねえか。今回の仏さん二件と新藤洋子、第一興殖の政治スキャンダル、一本に繋がるんじゃねえか？」

「ですね」

「警視庁のお手並み拝見といくか」

高瀬は含みのある表情を浮かべ、窓の外を眺めやった。

＊

「葛西臨海地区男性刺殺事件捜査本部」では、刑事たちが捜査の成果を持ち寄っていた。

「主任、新藤洋子の行方はわかりませんね。三月に急に銀行を退職してから、ほとんど同時期にヤサのアパートを解約し、引っ越しています。引っ越し業者の線から、引っ越し先は割れましたが、さらにそこもまもなく解約されています。付近の住民の聞き込みにおいては、近隣での当該住人の姿の目撃証言はありません。また、引っ越し業者に対する聞き込みでは、銀行の人事課から入手した新藤の顔写真と、引っ越しを依頼もしくは新藤を名乗る者との面体が、一致しなかったそうです。最近の足取りは全く摑めていません。捜索願なども出ていません」

「何？　新藤と、新藤を名乗って引っ越しした者が別人ということか？」

「その可能性が高いと思われます。例の第一興殖銀行の政治スキャンダルが内部告発による発覚だとすると、新藤洋子はやはりその件と関係があるんでしょうか?」

「ふむ。内部告発してとんずらか。どこへ消えた?……あるいは消されたか?」

「それと、新藤のヤサ周辺と引っ越しを行なった運送会社への聞き込みのさい、なぜかどちらも我々より先に青森県警の刑事たちが事情を聴きにまわっていました」

「なんだい、そりゃ。なんで青森県警が新藤を探るんだ?」

「なんでも失踪人捜索に当たっていて、新藤がその手掛かりを持っている可能性があるから、と説明を受けたと言っています」

「ふーむ。捜査情報を漏らすわけはないからその話を額面通りに受け取るわけにはいかないが……。西田、山さんと協力してもう少し新藤の線を追ってくれ」

「はい」

「害者、斎藤浩について何かわかったか?」

「はい。害者は若頭としてここ数年、木嶋組の中で力をつけてきていたようですが、最近アメリカに留学中だった組長の息子が帰国し、跡目を継ぐ算段が持ち上がって以来、組長には多少煙たがられていた節があります」

「ふむ」

「それで、起死回生の大きなヤマを踏んだら、さっさと盃を返して新しい組を立ち上げると腹心の部下には漏らしていたようです。害者と行動を共にしようとしていた木嶋組の構成員たちが揃って証言しています」

「で、その大きなヤマってのは何なんだい？」

「部下たちによると、どうも大企業相手の強請《ゆす》りのようです」

「標的は？」

「最近よく出入りしていた会社はＴＡＴＣというところで、先の第一興殖銀行絡みの汚職事件にも顔を出していた会社ですが」

一課長はその報告を聞くと、はたと両手で膝を打ち、そのままその手を支えにやおら立ち上がると威勢よく部下たちに檄を飛ばした。

「よし、繋がったな。ＴＡＴＣ幹部にも事情聴取だ」

＊

先のＯＤＡ絡みの贈収賄事件で少なからず影響を受けたＴＡＴＣは警察に対して神経質になっており、捜査本部の人間が訪ねた時には丁寧な応対で迎えられた。

揉み手をせんばかりに作り笑いを浮かべた総務課長が捜査員の前に姿を現した。

「今日はどういったご用件で？」

「今捜査中の事件に関係して二、三お聞きしたいことがあってお訪ねしました。さっそくですがこの写真を見ていただけますか?」

捜査員は死亡した木嶋組若頭の斎藤の写真を総務課長の前に差し出した。写真を一瞥した総務課長の動きが一瞬止まったように見えたが、すぐに平静を装って答えた。

「あいにくですが、心当たりはございません」

「そうですか? お宅の株主総会を仕切る総会屋はどこの組でしたか?」

「総会屋というのは合法ではありません。今ではそのような付き合いはどこの会社でも自粛しています。当然弊社にも、そのような事実はございませんが」

「ま、建前はそうでしょうな。……木嶋組。お宅の株主総会はそこの組が仕切っている。この写真の男はその木嶋組の若頭だ。しかも、この男は最近頻繁にお宅に出入りしていたことは調べがついている。その写真の男のことについて、詳しくお話をお聞かせ願えないだろうか」

「そう言われましても……」

「やい! この男は数日前に殺されて、先だって葛西臨海地区で発見された他殺体の被害者だ。この男の出入りを下手に隠し立てすると、会社やお前さんにあらぬ疑いがかけられることになるが、それでもいいか?」

殺人事件の被害者と聞いて、総務課長の体がビクンと揺れた。額から汗が噴き出し、顔は蒼ざめている。総務課長の頭の中ではものすごい勢いで葛藤が生まれているはずだ。真実を話すことも会社にとって不利益だが、隠し立てして大事になるのも、もっと事態を悪化させる気がする。彼はその二つの考えの中で揺れていた。こういう時は最後のひと押しで簡単に落ちる。捜査員はすかさず彼に最後の質問をぶつけた。

「お宅の会社は強請《ゆす》られていたのではないですか？　先のＯＤＡ絡みの贈収賄疑惑の際、真っ先に矢面に立たされたのはお宅の会社だ。だがすでにその前にお宅の会社は、そのネタでこの仏さんに強請られていた。それで害者が邪魔になって殺したんだろう。え？」

捜査員は最後のほうでは語気を荒らげ、テーブルを叩きさえした。振動でテーブルの上にあったコーヒー茶碗がガチャンと音を立てた。

「ひっ」

総務課長は、テーブルを叩く音で弾かれたように、声を上げた。

「こ、殺してなんかいない。仕事の話をしただけだ」

「そうかい。では、その仕事の話とやらについてじっくり聞かせてもらおうかい」

後はもう、洪水の水が河川の土手を破る時のように一気に事情をまくしたて、最後には泣き崩れんばかりの、会社と彼本人の殺人の疑いを晴らすための必死の弁解になった。

もちろん捜査員は初めから殺人の嫌疑などかけてはいない。斎藤浩の人となり、殺される直前に関わっていた事象の手がかりが欲しかっただけなのだが。

後ろめたい輩は窮地に立たされると必要以上に饒舌になる。大筋は捜査本部で描いていたものと大同小異で、殺人の動機や、直接犯人に繋がるような警察側が把握している以上の情報は得られなかった。

「ま、こんなもんだ。とんだ愁嘆場だったな」

捜査員たちはＴＡＴＣ本社社屋を出て捜査本部へ向かった。

＊

夕方から始まった捜査会議。ＴＡＴＣを訪問した捜査員たちの成果が報告された。

「結論から言いますと、木嶋組とＴＡＴＣの接点は、あくまで総会屋としてのビジネス上の接触だけだったようです。害者の斎藤浩個人から、政府ＯＤＡ関係の裏金について、少なからず恐喝めいたことがあった模様です。ただ、斎藤浩殺人といった事案との結びつきは考えにくい印象を受けました」

「ふむ。他には？」

「第一興殖銀行の新藤洋子の件です」

「お、やってくれ」

「新藤洋子については以前摑んだ以上の新しい情報はありませんでした。確認しますと、長く出納係を勤め、今年三月突然電話での連絡で退職を願い出て、そのまま退職しています。それ以降、同行の職員で面会した者はありませんでした。勤務態度は極めて真面目で、同僚の中に親しく付き合っている者もありませんでした。もっとも、勤め始めた頃にはそれなりに友人もいたようですが、その多くはすでに結婚を機に退行していたり、出世して本店移動になっていたりと、疎遠になっていったようです。今の同僚では年齢的にも付き合うには無理があったみたいで、専ら仕事をこなすのみという毎日だったようです」

「お局さんというやつか……」

一課長が会議室を見渡して発言を促した。

「他に何か情報を摑んだ者はいるか？」

奥から手が挙がった。

「実は、我々が銀行を訪ねる前に青森県警の刑事二人も銀行を訪れて新藤洋子についていろいろ聞いていったそうなんです」

「なんだ？　その青森県警の刑事《でか》ってのは。陸奥湾の土左衛門について調べに来てた刑事さんたちかい？」

「はい。その刑事たちではないかと」

「陸奥湾の土左衛門の捜査がなんで新藤洋子に繋がるんだ？」

「それはわかりませんが、陸奥湾の仏さんも木嶋組の構成員だったことと関係があるのかもしれません」

一課長は再び会議室全体を見回して言った。

「おい、誰か青森県警の刑事さんたちと話した奴はいるか？」

別の若い捜査員が手を挙げて答えた。

「はい。自分が応対しました」

「詳しい話を聞いてるか？」

「はい……いえ。青森の事件の概要だけ伺って、あとは葛西の仏さんの居場所を訊かれましたので、監察医務院だとお答えしました。その後、監察医務院へ仏さんと対面しに行かれたようです」

「青森の事件の概要とは？」

「はい。青森県の陸奥湾で水死体が発見され、その身元が木嶋組の構成員だったらしく、その捜査の一環で上京し警視庁を訪れた折、たまたま本件が発生し、青森の事件との関連性確認のため当警察署を訪れていました。陸奥湾の水死体も木嶋組の構成員とすれば、本件との繋がりも視野に入れた捜査が必要だと考えます」

一呼吸置き、一課長が若い捜査員に言った。

「葛原、お前はその青森県警の刑事と連絡を取り、詳しい話を聞かしてもらうんだな。よく事情を説明してもらえ。必要なら青森まで行ってもいいぞ」

「はい！」

＊

翌朝、青森県警の高瀬刑事のもとに葛西署の葛原という刑事から問い合わせがあった。高瀬は今までに判明している事実を伝え、双方の事件の関連性と、先の汚職事件に絡んで、もう一人行方のわからない人間がおり、それは第一興殖銀行元行員、新藤洋子であることも告げた。彼女が汚職事件の情報源であった可能性が高く、二つの変死体事件の鍵を握っているとも考えられると伝えた。情報を書面にしてFAXすることを約し電話を切った。

高瀬は同じく机に向かって報告書を仕上げている山崎に声をかけた。

「おい、山さんよ。葛西署の刑事から木嶋組の仏さんたちの関連について問い合わせの電話があったよ。警視庁さんもやっとODA汚職事件と新藤洋子の線まで辿り着いたようだ」

「遅かったですね。ま、早めに教えてやっても耳を貸してもらえたかどうか。まあ、これからは警察本社の人海戦術がものをいうんでしょうね」

「お前さんも私に似て口が悪くなったんじゃないのか？」

「先輩のことは、なんでも見習わないと」

山崎は悪戯っぽく笑った。

＊

葛西警察署と警視庁の合同捜査本部によって、木嶋組と第一興殖銀行の家宅捜索が行なわれた。第一興殖銀行に関しては前回の贈収賄事件に絡んだ金銭出納に関する資料はすでに押収済みであったが、今回は新たに新藤洋子のプロフィールに関する入念な調査が行なわれた。が、以前の捜査で刑事たちが摑んだ以上の新たな情報は得られなかった。古株の女子行員である新藤洋子についての同僚の聴き取り調査から浮かび上がってきた人物像は、黙々と日常の業務をこなし、人付き合いもあまりなく、よく言えば地味で真面目、率直に言うと何を考えているかわからない人、というもので、退行後の行方についても誰も知る者はなかった。

木嶋組の家宅捜索では、長年にわたりＴＡＴＣの株主総会で総会屋を務め、その報酬として毎月上納金とも言える少なくない額の入金があったことを裏付ける記録を押収し、斎藤浩の死亡事件に関しても幹部の事情聴取が行なわれた。その結果、構成員の一人が殺人の実行犯として拘束された。もちろん集団暴行の果ての死亡事案であるのは明白な事実であったが、組として犯人を差し出した格好で、暴力団絡みの事件ではよくある落としどころである。

犯人とされたチンピラは刑期を終えて出所後、組の幹部のはしくれとして幾分ましな扱いを受けることになる。

新藤洋子の消息を追っていた刑事たちも、高瀬刑事たちが追ったと同じような経路を辿ったものの、その消息は糸口さえ全く摑めず、替え玉の可能性については思い至っていないようであった。

十七

青森県警本部の高瀬たちのいる刑事部屋の窓からは黄色くなりかけた銀杏《いちょう》並木が見える。県警の付近には県庁や県の合同庁舎などの公共機関があり、道路と銀杏並木を挟んだ向かい側にある緑地帯としての小公園の向こうに国道が走り、国道沿いには、保険会社や製薬会社の青森支店、青森営業所などのオフィスビルが点在している。

どんな地方都市でも、生命保険会社や製薬会社のビルだけはある。言いかえると、うらぶれた田舎にあるビルは、生命保険会社か製薬会社のものだけだ。それはつまり、日本の金の流れがどこに集まるかということを端的に表している。全国有数の貧乏県である青森も例外ではない。

県警本部は青森市の目抜き通りと、それと平行に走る国道に挟まれた、一本裏の通りに面しているため、日中でも人通りは比較的閑散としており、昼休みの食事にありつこうとするＯＬや会社員がまばらに姿を見せるだけだ。

高瀬が秋色を増した窓外を眺めていると、視界の後方から二人連れが並んで歩いてきた。お揃いのような肩までの長さの髪、スリムな体型。高瀬は女性二人が連れ立って散歩でもしているのかと思って見るともなく眺めていた。その時、不意に車道側にいた一人が、もう一人の腰に手を回した。するともう一方の人物はとても自然にその人間にしな垂れかかった。それは女性同士の行動ではない。親密な男女間の行動だった。当初女性の二人連れと思われた人影は実際には男女のカップルだったようだ。

（ん？）

高瀬はふとあることに思い至って、例によって自分の机のワープロに向かっている山崎に声をかけた。

「陸奥湾の仏さんな、髪、長かったよな」

「はい。写真はここにありますけど」

山崎は机の上の山から陸奥湾の溺死体に関するファイルを引っ張り出し、溺死体の写真を手に取った。

「そうですね、ロン毛ってやつですかね。大分抜けたり、皮膚ごと削げてたりしてますが、残ってる髪の毛は確かに長いです。時によっては後ろに縛ったり……、少しくだけた仕事の者なら男でも最近はよく見かけますが。それが何か？」

手元の資料にある死体の写真を見ながら山崎は答えた。

「それと、仏さん、男にしては小柄だよな」

「ええ、そうですね。解剖所見によると、一五八センチから一六二センチの間ということになっています」

少し間を置いて山崎が声を出した。

「あっ。もしかして、松木杏子が連絡船の上で見かけた船から落下した女性というのは、この仏さんだったんですかね。遠目には髪の長い小柄な人間なら、男か女か見間違うこともある。ましてや後ろ姿だ」

「うむ。その可能性も考えないといかんな。仏さんがそんなに一時《いっとき》にごろごろ陸奥湾に浮かぶなんてことがあるか、ってことだ」

「じゃあ、新藤洋子はどこに消えたんでしょう？　青函連絡船には乗船していたんですよね」

「ああ、松木杏子が連絡船で手に入れたと言っている資料や身分証は、新藤にとってもかなり重要なものだったはずだ。第三者が資料だけを持って乗船していたとは考えにくい。だから、資料を持った新藤が連絡船にいたと俺は思うね」

「新藤は生きていて、どこかに潜んでいる？」

「ああ。……あるいは、どこかで死んでいるか……」

＊

杏子は朝から畑に出て、少し残った白菜などを刈り取っていた。

「こんにちは」

後ろから声をかけられ、杏子は曲げていた腰を伸ばし、振り返った。

そこには見知らぬ女が立って杏子のほうを見ていた。

「どちら様ですか？」

「新藤洋子です」

杏子は息を呑んだ。

「お化けでも見たような顔ね。そう、私は死んじゃいないわ。今まで身を隠していた。いろいろやばかったからね。あなた、私の代わりにずいぶん怖い思いもしたでしょう？」

杏子は被っていた手ぬぐいを外して丸めて手に握りながら、やっとの思いで声を出した。

「新藤さん？　連絡船から落ちたのでは？」

「あれは私じゃない。私がある男を落としたの。と言っても最初から殺すつもりだったわけじゃないわ。向こうが危害を加えようとしたからよけた。そしたら勝手に海に落ちたの」

「え？　じゃあ、陸奥湾の溺死体？」

「そ。あいつは私を責めた木嶋組の手下。本当はあなたがあった怖い目は、私が見るはずだったの。だから、何としても逃げたかった。だから、詰め寄ってきたあいつを、身をかわして海に落としてやった」

「じゃあ、あそこのあなたの身分証なんかが残されていたのは？」

「あれは予定外。サブを落とした後、あの資料を持って東京へ戻り、うまく立ち回ってお金を摑んだら外国へでも逃げようと思ってたから。だけど、あの時、サブが落ちてすぐあなたが駆け寄ってきた。私は傍の荷物の陰に身を隠すのが精一杯だったわ。そうして様子を見ていたら、あなたは私の持ち物を調べてそのまま知らんぷりでネコババしてしまった。びっくりしたわよ」

「それは……」

「私はあの後、ずっとあなたのことを見ていた。最初あなたの妙な動きがわからなかったわ。でも、アパートを解約したり、リストにあった会社を回ったりしたのを見ててわかったの。あなたのやろうとしていることが。それならそれで、あなたを利用しようと思った。かえって好都合だとも思った。だって、こっちは身を晒さずにあんたが危険を背負い込んでくれる。そうしてあんたが金を摑んだら、それをそっくりいただけばいいってね。そして、私の思惑とは大分違ったけど、あれを使ってあなたはあなたなりにいろいろとやらかしてくれた。おかげで人も死んだ。記者も浩も。まあ、それはいいわ。さあ、あのことであなたが得た報酬を寄こしてちょうだい。あれは、もともと私のものになるはずだったんだから」

「報酬と言っても『首都日報』からもらった情報提供に対する三十万の謝礼とＴＡＴＣの人と話した時に置いていかれた三百万だけです。それは家に帰ればお渡しできます」

「嘘つくんじゃないよ。あれはそんな安い情報じゃあない。あんた、見かけによらずしたたかだね」

「嘘じゃありません」

　洋子はしばらく杏子を見ていた。杏子の言ったことが本当かどうか、見極めようとしているようだった。

「……呆れた。そんなに安く売っちまったのかい。あの情報のほんとの価値を知らないんだね。あれはね、一国の首相の首もすげかえられるほどのものだったんだよ。馬鹿だね。そのおかげでこっちがどんだけやばいことになってるのかわかってんの？　纏まったものを持って高跳びでもしないと私の身が危ないんだよ！」

　杏子には何をどうしていいかわからなかった。ただ、うつむいて罵倒されているしかできなかった。

「わかったよ。じゃ、その三百万と三十万でもいいから、とっとと渡しな」

　杏子と本物の新藤洋子は杏子の家に向かった。

　杏子から金を受け取ると、女はコートに忍ばせていた刃物を取り出し、杏子に向けた。と、その時、玄関で声がした。

「姉《あね》さん。そこまでだ。親分がお待ちだ」

　見慣れない男だった。一見して堅気ではないとわかる。杏子には何がなんだかさっぱりわからない。だが、その声を聞いた洋子はビクッとして、動きを止めた。

「あんた、なんでここが……」

「親分を甘く見ねえほうがいい。このねえさんを放した時、跡をつけて見張ってろと言ったのは親分だ。このねえさんを見張ってさえいれば、いずれ姉《あね》さんが姿を現すってな。姉《あね》さんはむざむざ命を落とすようなタマじゃねえから。浩みてえな極道馬鹿とは違うから、って。姿を見せたら、組の事務所に引っ張っていくことになってる」

「くそ〜っ、あの狸爺」

　男の言うことを聞いて、杏子には初めて事情が呑み込めた。

拉致され、川崎でリンチを受けた後、親父と呼ばれる男が現れ、杏子を解放してくれた。解放されたと思ったあの時、実は新藤洋子をおびき寄せる餌として監視が付けられたのだ。ヤクザも棟梁ともなると頭が切れるらしい。

男に促されて洋子が玄関を出ると、そこには高瀬と山崎がいた。

「新藤洋子だな、聞きたいことがある。署まで一緒に来てもらおうか」

刑事たちの姿を認めたとたん、男と新藤洋子は、弾かれたように門口を飛び出し走りだした。が、洋子は若い男の刑事の足にはかなわず、まもなく追いつかれて杏子の家まで連れ戻された。悔しそうな顔を杏子に向けながら、目立たないところに止められていた覆面の警察車両に乗せられた。男のほうは姿をくらましていた。彼も小指の一本くらいはなくなるだろう。

後に残った高瀬に杏子が訊いた。

「どうして新藤さんがここに来るってわかったんですか？」

「あれほどの時間をかけて、あれだけの情報を集めた人間だ。情報を横取りされ、なんの得るものもなくおとなしくしていると思うか？　まして身に危険が及びそうな状況だ。連絡船から転落したのが新藤でなければ、その後の成り行きはきっと見ていたはず。とすれば、あんたが情報を手に入れたのも見ているから、それをどうするか知らないわけにはいかない。となれば、あんたの行動は逐一見張られていたんだろう。これ幸いと自分の身は危険に晒さず、上前だけを手に入れようとしたんじゃないかな？　東京でのあんたの行動も、ここに戻ってきたのも、ずっと見てたのさ。そして、ほとぼりが冷めた頃、あんたに見返りを要求にきたんだ」

「刑事さんたちはそれを知っていて、ずっと見張ってたんですか？」

「いや、ずっとじゃない。確信を持ったのはつい最近だ。ほんの二、三日の張り込みで済んだよ」

「彼女は私を殺そうとしたんでしょうか？」

「どうだろうな。でも、生きていられたらまずいとは思っただろう。いろんなことを知りすぎているからな。そのへんはこれからじっくり聞かしてもらうさ」

「なんの罪になるんですか？」

「どうだろうな、この件に絡んで木嶋組というヤクザ組織の人間が二人死んでる。そのうちの一人が新藤と関係がある。さっきの話じゃ、もう一人、陸奥湾の仏さんの事故だか他殺だかにも関係してそうだしな。詳しく訊いて、手を下してなければ、勤務先の機密を不正に入手、漏らしたことはそんなに重い罪にはならんだろう。ただ、東京の記者さんの不審死の捜査の糸口にはなるかもしれん。警視庁にも話を通しておくから。あんたにとっちゃ、そっちのほうが重要だろう？」

「はい。ありがとうございます。それから、私は……？」

「うん、そうだな。連絡船の転落事故は新藤に責任がありそうだし、他人のものをネコババした窃盗罪は免れんかな。それから、有印私文書偽造か？　いずれにしても、後で召喚されるだろうから、待ってるこった。まあ、悪いようにはせんよ」

杏子を残して高瀬たちを乗せた車は田圃の中の農道を引き上げていった。

＊

新藤洋子の収監手続きが済んで一段落した後、刑事部屋で山崎が高瀬に話しかけた。

「高瀬さん。杏子が連絡船で見かけた目つきの悪い男の二人組。あの人たちは何だったんでしょうかね？　実は、この件で公安が動いていたという噂を耳にしたんですけど」

「まあ、松木杏子の供述による人相、風体からして、彼らは俺たちのご同業だろうな」

高瀬が青森県警本部の刑事部屋から窓の外に目をやると、高い空で鳶《とんび》が輪を描いた。高瀬は鳶の行方をしばらく目で追った後、山崎に向かって口を開いた。

「一ついいことを教えてやろうか。警察学校の同期に公安へ行ったのがいてな。ちょっと話したんだが、今回の事件は三年前、次期総裁を狙う副総理が、来るべき総裁選での現総理の推薦と、主流派閥の支援を手に入れようとしたことが発端らしい。次期総裁を狙う現副総理は派閥の大きさじゃ二番目だ。総裁になるためには主流派閥の現総裁の推薦を取りつけて、主流派の票をもらうしかない。そこで法相だった頃の伝で公安を動かし、現総理の弱みを握ろうとしたのさ。

現総理が外相だった頃、ＯＤＡを巡るとかくの噂があったのは知ってるだろ？　政治家なんてのは贈収賄なんざあって当たり前、叩けば皆埃が出るさ。だから手に入れた確証をネタに次期総裁候補推薦の言質をとろうとしたんだろう。金の出入りの証拠を摑むために銀行員の新藤を使った。

新藤にも叩けば出る埃があったんだろう。手先として使われるはめにはなったが、新藤も一筋縄ではいかないタマだった。腐れ縁のヤクザもんとつるんで一旗揚げようとしたところで、思わぬ邪魔が入ったというのが本当のところだろうな。確証を手に入れるためと、新藤から情報が漏れるのを防ぐ意味でも公安の監視が付いたということらしい」

「そもそも、なんで新藤洋子は北海道に渡ったんでしょうか？　杏子の話によると、新藤が連絡船に残したバッグには通帳とパスポートまで入ってたんですよね。ってことは本気で高跳びでも考えてたんじゃないですかね」

「そうかもしれないな。巨悪を敵に回しちまったもんだから、火の粉を高木が被るようにしておいて、自分は美味しいところだけかっさらって、高みの見物でもするつもりだったんだろう。公安が張ってる位だから相当やばくなったと悟って、羽田や成田からじゃ足が付きやすいから、様子をみて千歳から海外とか、海路で大陸へ渡る、とか？　例えば、銀行の取引で関わった貿易会社とかに男がいて、貨物船とかで北海道のどっかの港から海外へ渡航させてくれる手筈になっていた、とかな。それが、とんだ番狂わせだが、松木杏子が勝手に動いてくれたもんだから、もっけの幸いとそれを利用しようと思ったんだろう。ただな、新藤の取り調べの時の話じゃ、北海道行きは斎藤の考えだったらしい。斎藤は元々は小樽の出身で、小学校の時、親と一緒に東京へ出て来たんだ」

「そうなんですか？」

「ああ。斎藤は新藤と組んで組長を出し抜こうとしてたから、事がすむまでは組の力のさほど及ばない北海道に新藤を潜伏させとこうとしたんだな。小樽にはまだ従兄弟たちが漁師をして住んでいて、そこを頼ったようだ。だが、そう甘くはなかった。組長が斎藤の動きを怪しんで監視に着けた我らが陸奥湾の仏さん、浜田三郎が洋子の消息を摑んでいて、組長に逐一報告してた」

「ああ、それで」

「新藤が小樽に潜伏しているところに浜田が現れ、組長が呼んでるから一緒に東京へ帰るよう告げたんだそうだ。新藤は東京へ帰ることにしたんだが、ここからは俺の想像だ、そのまま組長の所へ連れていかれたんじゃ何されるかわからない。そこで連絡船を利用して浜田を片付けようとしたんじゃないのかな」

「じゃ、浜田の船からの転落は事故じゃなくて、新藤が殺《や》ったってことですか？」

「多分な。証拠はないが」

「そういうことか。それと、公安は新藤洋子と松木杏子が入れ替わっていたことに気づいてなかったんでしょうか？」

「いや、それはないな。そこまで間抜けじゃないだろう。公安は新藤を見失っちゃあいないと思うよ。奴らの最大の目的は新藤が逃亡するのを阻止することだった。船の上だからな、マルタイにはどこにも逃げ場はない。遠目で監視してれば十分だと思ったんだろう」

「例の仏さんが転落したことは目撃してなかったんでしょうか？」

「どうだかな。たとえ目撃していたとしても、大事の前の小事、騒ぎは避けようとするだろうな」

「人一人見殺しにしても？」

「たぶん、新藤を監視している過程であのチンピラの身元も割れてたんだろう。ヤクザもんの一人や二人、どうなろうと口を拭って知らんふりで済まそうとしたんだろうさ。マルタイは無事にいて、下船するのを見届けた。要するに、あの時点で、新藤洋子が海に落ちて死んだと思ってたのは、松木杏子だけだったということだ」

そこで高瀬は自分の考えを纏めるように、少し間を置いた。

「帰京後、公安は新藤本人の尾行と新藤の旧宅の動きとを二手に分かれて張っていた。そこで松木杏子が登場した。杏子の真意がわからない以上、しばらくは観察の対象になったはずだ」

「それじゃ、杏子も新藤洋子も監視され続けてたってことですね？」

「そうなんだろうな。事があんな風に公になって、現総理の金玉を握るとか、次期総裁の椅子への切符を手に入れるとか、副総理の当初の予定は狂っただろうが、軽微とは言え、それなりに現政権にもダメージはあった。何より杏子も洋子もこれまで無事だったのは彼らが張ってたからだろう」

「う〜ん。なんか、すっきりしないなあ」

「そんなもんだよ。この手の事件は。まあ、新藤洋子がこの先も無事でいられるかどうか、それはわからんがな」

高瀬は意味ありげな言葉を言ってまた窓の外の空に目をやった。そこにはもう鳶はいなかった。

新藤洋子は青森県警での木嶋組構成員、浜田三郎溺死事件に関する取り調べの後、身柄は東京の警視庁へ送られた。ＯＤＡ絡みの情報入手の経緯と、同じく木嶋組構成員斎藤浩殺害事件の参考人としての事情聴取のためである。

県警での取り調べでは、高瀬の言った通り、新藤洋子は公安の依頼によってＯＤＡ絡みの汚職の物的証拠と言える金銭出納の記録を得た。その情報を元に、洋子が以前からの知人である暴力団組員の斎藤に強請《ゆす》りの話を持ちかけたため、そのことに関して暴力団との間に揉め事が生じた。組合員の浜田三郎に青函連絡船上で詰問された際、誤って転落させ、事故死させたもの。ということであった。

エピローグ

杏子は窃盗罪と有印私文書偽造並びに行使の罪状で起訴され、初犯ということで、懲役一年六か月、執行猶予五年の判決が下された。控訴はせず、杏子は執行猶予の身となった。

新藤洋子は連絡船上からの転落による浜田三郎の溺死に関しては、証拠不十分で殺人の立証ができず、正当防衛による事故として不起訴になった。よほどやり手の弁護士が付いたのだろう、銀行からの不適切な目的による帳簿の入手、使用についても、社会正義のための内部告発と見なされ、不問に付された。ただし、裁判も全て終わり、世間の耳目も集めなくなった頃、洋子の死体が東京湾に浮いた。

『週刊現在』編集部記者、高木惣一郎の死もまた依然として自殺とされたままだ。

『首都日報』の岸本は、ある日の夕刻、退社しようと新聞社を出たところで、暗い色のヨットパーカーのフードを目深に被り、俯き加減で岸本のほうに向かってくる人影を認めた。減量中のボクサーがジョギングしているようにも見えるその男は、岸本とすれ違う瞬間、その口角を残忍に歪め、すれ違いざま岸本の腹部を刺した。

ナイフは心窩《しんか》部から斜め左上方に突き上げるように刺し込まれ、心臓を深く刺し貫いていた。うずくまるように倒れた岸本の体の下には黒々とした血溜まりが拡がり、通行人が異常に気づいた時にはすでに絶命していた。ほとんど即死に近い状態であったろう。あっという間の出来事で、誰も犯行には気づいておらず、従って犯人に繋がる確かな目撃情報もなかった。犯人は学生運動崩れのテロリストであるとか、ヤクザもののようであったとか、過去の記事で社会的に葬られた人間の報復であるとか、さまざまな憶測は流れたが、どれも確証のあるものではなく、言えることは、かなり手なれた者――つまりプロ――の犯行であるということだけであった。凶器の果物ナイフは百円ショップで買える安物であり、この凶器から犯人が割り出されることは恐らくないだろう。

＊

あれから三年。杏子は津軽の地で、祖父母の残した僅かばかりの田畑《でんぱた》を耕し生計を立てている。人の噂も七十五日で、当初、好奇の目で視られた杏子だったが、地道に農業を営み、地元に馴染もうとする姿に、閉鎖的な周囲の住民もこの頃ではさほど嫌悪の情を表すことはなくなっていた。

再び松木杏子としての生活を始めて半年程、祖母は、杏子が帰ってきたことで安心したのか、めっきり弱っていき、畑に出ることは滅多になくなった。そして一年ほどしたある朝、とうとう、眠るように亡くなっていた。

それからしばらく、杏子は一人で残された畑の世話をして暮らした。

杏子が家の前の道路を挟んだ向かい側の畑で草取りをしている時、背後に気配を感じて振り返ると、老女が立っていた。最初は誰かわからなかったが、杏子をじっと見つめる目を見ていて気が付いた。

（ああ、この目は見たことがある。ずっと昔、杏子がまだ小さかった頃。時々お土産を持って、連絡船から降りてきて杏子の所に駆け寄ってきて抱きしめてくれたあの人の目だ）

「お母さん？」

その女性は黙って頷いた。

杏子は、この世に暮らすということは、視界が零になる真冬の地吹雪の真っただ中にいるようなものだと感じている。一寸先も見えない真っ白な闇。全てを覆い隠す白い闇だ。真実など誰の目にも見えない。うっかり前に踏み出すと、たちまち足を取られ遭難する過酷な真っ白な闇だ、と。

それでも地吹雪の合間に、雪雲のカーテンの向こうにうっすらと日の影が射すことがある。あたかも杏子が事件の渦中にいた時、母が二十数年振りで杏子のもとを訪ねてきた時のように。

事件のさなか、杏子は堀川総子が自身の母親であることを知った。

なんという偶然なのだろう。人生は皮肉に満ち満ちている。

母は、函館で懇意になった実業家に後妻に請われて上京、結婚し堀川姓になった。数年は穏やかに暮らしていたが、高齢であった堀川が心筋梗塞で急死すると、残された血族に、雀の涙ほどの手切れ金をあてがわれ、家から放り出された。生活のため身を投じた水商売で知り合った財務官僚だった藤堂俊輔の愛人となり、銀座でクラブを開く援助を受け、その後は自分の才覚で、コンパニオン派遣の会社を興し、手を拡げていった。事件に関連しての追及を逃れるため、全ての事業をたたみ、津軽の地へ帰ってきた。

母は顔に深い皺を刻み、すっかり老けこんでいたが、ましてや子どもの頃のあいまいな記憶しかない杏子には、それが母だとすぐにはわかるはずもなかったが、それでも、その温かい眼差しだけは、見覚えがあった。なんとも懐かしい温かい気持ちにさせる眼差しだった。

母と会う前、杏子は漠然と思っていた。自分を捨てた母に会ったら、自分はどんな顔をするのだろう。どんな気持ちになるのだろう。許せるものだろうか。

だが、実際に再会してみると、思ったほど劇的な感情は湧かなかった。杏子自身がもう若くはない年齢になり、女が一人で生きる厳しさを身をもって体験していたから、母を責める気など、とうに失せていたということか。何といっても、杏子が発端になった今度の事件で母は全てを失ったのだ。因果応報。それだけで母は十分責めを負った。

母は今回の事件の発端が自分の娘の行動にあったことを知ってはいるが、口に出したことはない。幼い杏子を郷里に残し、己の幸福だけを求めて生きてきた報いなのだと、そのことが自分から全てを奪い、杏子を前科者にしたのだと、贖罪の気持ちで日々を送っていた。

すでに風は秋の気配を孕み、水平線まで拡がる水田の稲穂はやや頭を垂れ、黄金色に色づき始めていた。

＊

長い吹雪の季節も終わり、津軽にもやっと遅い春が来た。家の前の通りを挟んだ畑の一角にあるビニールハウスの中で、杏子はトマトの苗を移植していた。家の入り口の方でオートバイが止まる音がして、杏子の家に向かって呼びかける声が聞こえた。

「松木さ〜ん。書留で〜す」

杏子が期日指定で送っておいた新藤洋子のメモのオリジナルだった。家では母が昼食の支度をしているはずだ。

もうじき暑い盛りが来る。たわわに実った真っ赤な実を想像しながら一つ一つ苗木の植えられた小さいポットから、ハウス内の畝に丁寧に苗を移していく。単調な作業だが、杏子は嫌いではなかった。

ハウスの支柱に括りつけられたトランジスターラジオから、ローカル放送のいつものパーソナリティーの元気な声が流れている。

ふと、人の気配を感じて振り返ろうとした刹那、杏子の頸に回されたビニールロープが引き絞られた。そのロープはハウスの支柱の固定などに使用する杏子の家のものだった。

「柄にもないことはするもんじゃない。身のほどをわきまえるべきだったな。郵便はもらっていくぜ」

薄れていく意識の中で聞いたその男の声は、前にどこかで聞いたことがあるような気がした。どこでだったろう。だが、その答えを見つける前に、杏子の意識は次第に真っ白な闇に閉ざされていった。

完全に呼吸の止まった杏子の体は抱えられてハウスの隅まで運ばれ、ハウスを支える支柱に吊るされた。

杏子の家の玄関には、総子がうつ伏せに倒れており、その頸の後ろでは、農作業中首に掛けていたタオルがきつく交差していた。

本当は絞死（頸を絞められたことによる死亡で他殺を意味する）である杏子の死因は、縊死（首吊りによる死、主に自殺と判断される）として片付けられ、事件性を問われず闇に葬られることになるだろう。

もちろん、しっかりと検死なり解剖をすれば、眼球結膜の溢血点の有無や、頸部に残された策状痕の形状の違い、頸椎の脱臼、棘突起の骨折の有無などの所見の違いなどにより、縊死か絞死かは容易《たやす》く診断はつく。また、頸の周りには、吉川線という、頸が絞められるのを防ごうと無意識に抵抗した際にできる、自分の爪による掻き傷も認められるはずだ。

だが、警察も政府機関の一部であり、地方で司法解剖を行なうのは主に国立大学医学部の法医学教室であることを考えれば、さらに、その大学の予算がどこから出るかということに思い至れば、そこで出される結論が政府にとって都合のよいものになるであろうことは、想像に難くない。同様に総子の死因は脳卒中か心筋梗塞ということになるのだろう。

母一人子一人の家庭で、母の急死に世をはかなんだ末の自殺ということで杏子の死は整合性を持たされる。

Death by hanging

先の大戦の後処理の極東軍事裁判において、何度となくA級戦犯に対し言い渡された判決だが、この判決が本来宣告されるべき人間に対し正しく宣告されなかったことが、現代の政治の腐敗の元凶であり、誰も、何に対しても、きちんと責任を取らない、という現在の日本の国民性の堕落という帰結を生んだ。さらに、現在ではその処罰の行為は、元来執行されるべきでない善意の人々、内情の告発者などに対する、権力者、及びそれに繋がる利権者による私刑、見せしめ、あるいは口封じの方法として繰り返し行なわれている。

地吹雪の中では辺りが全く見えない。明るさはあるのに、ほんの五十センチ先の障害物の輪郭さえも捉えることができない。さながら真っ白な闇だ。

杏子が最後に見たもの、我々が世間として見ているものは、紛れもなく真っ白な闇だった。

※登場する政党や企業名、個人名は全くのフィクションである。

もののおまち 傑作短編選

Ⅱ

薄明の中で

私の名前は冬子《とうこ》。冬の寒い朝に生まれたから冬子と名付けられたそうだ。

私はトワイライトの時間が好きだ。

昔から夕暮れ時の薄紫の空気の中にいるのが好きで、高校生の頃は毎日のように放課後、街中を彷徨うように歩き回った。思春期にありがちな感傷的な気分に浸っているのが好きだったのだろう。

進学校だった私の通った高校は、旧制中学の頃は男子校だったため、新制の学校制度のもとで共学となっても蛮殻《バンカラ》な気風の残る学校だった。

学校は新寺町という浄土宗や浄土真宗などのお寺の集まる所にあり、近くには国重文の五重塔があり、二十分ほど歩くと三十三ヶ寺と言われる禅宗の古刹の林立する禅林街があり、そのまた先には城址公園がある。

つまり、私の暮らした環境は、黄昏時の雰囲気を味わうにはうってつけの場所にあった、ということだ。

時には男子生徒が隣にいることもあるが、ほとんどは一人で、まるで放浪するように何時間でもただひたすら歩いていた。

高校を卒業すると、私立の医科大学に進んで医者になり、人並みに結婚、出産、そして離婚を経験し、晩年を迎え、人生のトワイライトが始まった。

1

(今日は気分がいい、今日の日付は思い出せそうだ)

「おはようございます」

嫁が入ってきた。

「あ、華さん、今日はいくんちでしたか?」

冬子は認知症が進み、すでに嫁の聡子とお手伝いさんの華との区別がつかなくなっている。嫁の聡子は私は聡子だと主張することもなく、ただニコニコと取り合わずにいる。

(嫁は答えず、ただニコニコしている。まったく、私がまるで呆けてでもいるかのような扱いだ。私はまだまだ呆けはしませんよ)

「おばあちゃん、お顔を洗ってきてくださいな。それから御髪《おぐし》を整えますから」

(はいはい。毎日なんて小うるさい。顔なんて二、三日洗わなくとも死にゃしませんよ、と。さあてね、ま、息子に嫌われちゃしようがないから綺麗綺麗してきますかね)

洗面台の鏡に映った自分の顔は醜悪だった。知性の微塵も感じられない皺だらけの顔の目頭には目脂がこびりついていた。

その顔を眺めていると、微かに心の中で疼くものがある。

＊

(ああ、もう時間がないわ)

時計を気にしながら唇にルージュをひいた。

(今日の化粧ののりもまあまあだ)

普段はあまり化粧をしないので、たまに化粧をすると見違えるように映える。あまり化粧をしないせいで肌の肌理が細かく、白粉ののりもいいのだ。

息子の丈夫が小学校へ上がる直前、夫と離婚した。以来、仕事以外のことにとられる時間が随分減り、その分、自分自身のことにあてる時間が増えた。

(これからよ、私の人生は)

遠い潮騒のような記憶の断片。

頭の芯のほうで疼いているものの正体。

私にはわかっていない。私にとっての自分とは記憶の中のかつての輝いていた自分だけで、今の凋んだ姿は目に入っていない。

＊

嫁の呼ぶ声がした。

「おばあちゃん、何度もお呼びしましたのに。早くなさって下さいな、今日は私、コーラスの日ですのよ」

（そんならなにも私なんかかまってくれなくても、さっさと出かけたらいいのに。自分のことは自分でしますから。……はて何をしに来たんだっけ。ああ、そうか、ご飯を食べないと。また華さんに叱られる。ご飯、ご飯）

2

「だから言ったわ。私は結婚したからといって辞めるために苦労して医者になったんじゃない。医者になりたいから努力したのに、どうしてやめなきゃなんないの？　身の回りの世話だけしてほしいんなら、それなりのもっと可愛い娘を探したらいいでしょう」

夫とはよく喧嘩をした。喧嘩というより、私が一方的にヒステリーを起こしてあたりちらしていただけだった。考えてみれば彼もよく我慢したものだ。

夫とは同じ職業だから、日中の忙しさは同じはずなのに、それでも家に帰れば食事の支度をし、風呂を洗ってお湯を張り、子どもに食事をさせ、お風呂に入れて寝かしつける。その間中飲みっぱなしの夫の食事の後始末を終えて、床に就いた頃には夫はすでに高鼾だ。

姑は優しいが、息子である夫が帰宅すれば、ご苦労さん、疲れたでしょう、あれもお食べ、これもお食べ、と気遣うが、同じように仕事をしている私には慰労のことばもない。

私は疲れていないとでも思っているのだろうか。所詮女の片手間仕事、男の仕事とは違うとでも思っているのだろうか。

姑にはそんなに他意はなかったのだろうとは思うが、所詮嫁は嫁。息子のほうが可愛いに決まっている。私はどんなに優しく扱われても、実際は女中の代わりにしかなれないのだ。私たちの子どもだって、自分たちの孫であって、私の子ではなかった。女の腹は借り腹なのだ。

夫に対する姑たちの過剰な優しさは、夫を依頼心の強い甘えん坊にした。それは、良く言えば優しさと人の好さになり、同僚にもよくされたが、私からみれば、優柔不断で、いつも貧乏くじを引かされ、しかも頼りない世間知らずであった。私にしてみれば子どもと大きな子ども——夫——を二人抱えたようなものだった。医者と主婦と妻と母親。こういう状況に私は疲れた。

でも、これは私の我儘だったのかもしれない。とまれ、結婚して丸七年。離婚が成立した。

「おばあちゃん、お顔も洗わないでご飯なんか食べないでくださいよ。文夫さんが嫌がりますから」

(どうして文夫が嫌がるのさ。あの子は私だけが好きなんだから。あの子は私だけで育てたんだから。私だけを頼りにしているんだから。あんたなんか文夫に言ってすぐ追い出してもらう。でもね、それはまだまだ言わないでおいてあげますよ。こうしてね、私の好きな里芋の煮っころがしを作ってくれてる間はね)

＊

何だろう、また頭の芯で疼くものがある。私は、何をしているんだろう。

3

(今日は回診のあとでカンファレンスのある日だったわ。放射線科に依頼した肝細胞癌の肝動脈塞栓術後患者の経過報告の準備はできてたかしら。おかしいわねえ、来週の分のスライド原稿が見つからないわ)

「華さん。医局の近藤さんを呼んで頂戴。スライド作成を写真屋さんに頼むんだけど、原稿がないのよ」

「またですかあ。先生いっつもご自分でなさるから先生の机の辺りにあると思いますけどねえ」

（さっさと近藤さんを呼びなさいよ。たいした用もしてないくせに。だいたい近頃の若い人たちは口の利き方というものを知らない。嫁の聡子でさえ、言うことはきついけど、もちっとましな口の利き方をしますよ）

「院長先生、お呼びですか？」

「ああ、近藤さん、実はね、またわかんなくなっちゃったの。来週の分のスライド原稿なんだけど」

近藤は勝手知ったる他人の家、ならぬ他人の机で、二〜三か所を探って原稿を見つけると

「これ、光陽堂のほうへお出ししておきます。いつもの通り2枚ずつでよろしいですね」

「そうそう、そう来なくっちゃ。できる人は違うわね」

「でも先生、学会の発表はほぼ全部、パソコンを使って作成した図表やグラフをプロジェクターで投影する方式でしょう？　スライドが使えるのはもう院内のカンファレンスか勉強会だけです。そろそろパワーポイントでデータ作りませんか？」

「私は、あれはいいわ。スライドのほうが綺麗でしょ。フィルムでとっておきたいの」

少しバツが悪そうにしてから取り繕うように言った。

「さてと、そろそろ診療室へ行きますかね」

（パソコンの図表作成って何度聞いてもすぐ忘れるのよね。一緒にいて教えてもらってる時にはできるんだけどね。写真の取り込みも面倒くさいし）

＊

（この頃物忘れが激しい。ちょっと前までしていた仕事の書類をどこに置いたか、しょっちゅう忘れる。たった今オーダーを出そうと思った検査のことを病棟につくまでに忘れてしまい、何を指示しようとしたのかどうしても思い出せなかったりする。ま、よくある度忘れ、と思っていたけれど、それにしては少し度が過ぎてきた。年かなあ）


「お母様ね、少し変なんですよ」

聡子が帰宅した文夫に話す。

「このあいだね、私のコーラスは何曜日か訊かれるんですよ。今まで何年も通ってたのにですよ。それで、今日は行かなくていいのかい？って。最初はね、いつも出歩いていることへの嫌味かな、とも思ったんですけど、どうもそうじゃないみたい。ねえ、あれ、始まったんじゃないでしょうね。認知症」

「よせよ。息子の俺が言うのも変だけど、おふくろは結構頭がいいんだぜ。患者を診る日だって、まだまだ俺なんかよりよっぽどしっかりしてる。あれだよ、認知症ってのはねえ、何にも頭を使わずボケーッと過ごしてる人達に起こるのさ。そういう意味じゃおまえのほうが危ないぜ。おふくろはだいじょうぶだよ」

「失礼しちゃうわ。お母さまのこと心配して言ってるのに。……でも、そうかしら。そうだといいけど……」

4

冬子は夫と決定的な諍いをした。

「おまえは俺が嫌いなんだよ。俺の世話をするのが嫌なんだろう。なら出て行けばいい。俺はかまわん。ただ、文夫は置いていけ。あれは俺の子だ」

「どうしてですか。あの子はあなたの子かもしれませんが、私の子でもあります。しかも育ててきたのは私だし、あなたは再婚もするでしょう？　再婚したらあの子は継母に育てられることになりますが、継子が可愛い女親がいるもんですか。そのうちあなたご自身だってあの子を疎ましく思うようになります。それより私と一緒にいるほうが、あの子にとってはずっと幸福だわ。あなたなんか、あの子を育てたことなんてないじゃない。四六時中一緒にいてあの子を育てることになるのは継母なんですからね」

子どもは我が手にすることができた。長い長い闘いの果てに。

親子二人になってからは気楽なものだった。食事の支度が大儀な日は外食にした。疲れた時や憂さのたまった時、子どもの誕生日やクリスマスには、外で豪勢な食事をしたり、遊園地で遊び惚けたりした。その代わり仕事もした。文字通り母、父、医師の三役をこなさねばならなかった。妻の役は元々していなかったが、嫁という肩書が抜けただけで、肉体的に、何より精神的に百倍も楽になった。

息子も私の苦労を察してかよく頑張ってくれた。素直でいい子に育ち、成績も優秀だった。無難に国立大学の医学部に入学し、医師となって数年研鑽を摘んだ後、私が父から受け継いだ医院の医師として帰ってきた。私と二人で医院を切り盛りし、後に中堅の医師も二人雇い入れて、病院として組織を拡充した。

一人になってから三十六年。あっという間だった。

「先生、市の消防署から、吐血した患者さんの搬送受け入れの要請です」

「わかった。受け入れ可能の返事と、救急対応の準備。昼間のスタッフの多い時でよかったわね。緊急内視鏡の準備と血液型確認して輸血の準備。着いたらすぐルート取って、病歴の確認。患者さんの容態に余裕があればＣＴが先」

女医としては頑張っているほうだと思う。子どもの頃から父の跡を継いで医者になるものだと思っていた。負けず嫌いの性格もいいほうに作用したと思う。離婚してからはなおさら男に引けを取るわけにはいかなかった。一家と病院を支えなければならない大黒柱である。何より、しょうもない無能な女医にはなりたくなかった。

5

この頃思う。私の一生はいったい何だったのだろうか。

子どもも齢《よわい》四十に達し、病院の経営も軌道にのっている。この頃では火急を要するような治療や検査は息子や他の医者がやってくれる。外来を少し、とか、ほとんどは名誉職的な仕事ばかりが増えてきた。そして、妙に昔の記憶ばかりが冴えるのだ。

例えば昼食後の一服の時などに、どうということもない昔の思い出に耽っていてボーっとしている自分に気づき、唖然とすることがある。加えて最近の事象に関する記憶障害――というほどではないか――が少し目立ってきたような気がする。老化には勝てない。こうやってだんだんに呆けていくのだろうか。

寝室で聡子は、寝る態勢になった文夫に、思い余った様子で話しかけた。

「あなた、お母様やっぱり少しおかしいような気がする。今日は忙しくって、お昼を食べる時間もなかったっておっしゃるのよ。お昼はいつも通りきちんとお召し上がりになったのに」

「ふうん。なんか勘違いしたんだろう」

「でもねえ。……里芋の煮っころがしって昨日も食べたでしょ。でもね、また明日も食べたいっておっしゃるの。久しぶりにって。お好きなのはわかるけど、昨日食べたことまるで忘れてるみたいだった」

「うるさいなあ。いいだろ、好きなんだから、毎日食べたって」

「だって。そりゃ毎日食べたっていいけど……そういうことじゃなくて。食べたことを忘れてるんだってば」

「わかった。わかった。明日、おふくろと話してみるよ。だからさあ、もう寝かしてくれよ」

文夫も母親の変化には気づいていた。気づいてはいたが、あんなに明晰だった母の頭脳が失われつつある、ということを認めたくなかったのだ。なにより今まで女手一つでがむしゃらに育ててくれた母親の知性が失われることには耐えられそうにない。


「この頃の院長先生変じゃない？」

「そうよね。この前もさ、朝至急で出した検査オーダーを午後また出そうとするの。でさ、これ朝至急で出ましたけど、って言うと、えっ、そうだった?って」

「そうそう。それとね、朝一度診た患者さんを午後見かけると、あ、回診まででしたね。これから伺いますから、ってまた回診しようとするの。術患とか、重症の患者さんは状態観察のために一日に何度も回診することはあるけどさ。そりゃね、一日に何回も診察してもらえたら、患者さんは喜ぶわよね。……でもないか。あんまり頻繁に回診されると患者さんも休めないかも。あれって、絶対回診したこと忘れてるよね」

「あ、しっ！　来たわよ」

（この頃、こんな陰口がよく聞かれる。最初は何のことかわからなかった。何回かそんな場面に遭遇するうちに、これは私のことだ、と悟った。そんなに物忘れが激しいのだろうか。自分で気が付いている以上に。そうかもしれない。なぜなら、忘れているということは、忘れていることがあるということすら忘れた状態なのだから。

文夫に相談してみよう）

「文夫さん」

「何だいお母さん」

「近頃私、おかしくないかい？」

「なんでだよ。どうしたんだい？」

「看護師たちがねえ。よく言ってるんだよ。私の物忘れが激しいって」

「うん、そうか。お母さん、少し疲れたのかもな。働きどうしだものな。多少はね、気になってたよ。年かなって。聡子のやつもな、ちょっと心配してたんだ。少しやすんだら？　俺と新井先生とでお母さんの入院患者を分けるから」

「仕事を離れたら余計呆けそうだよ」

「でもないさ。たまには気分転換も必要だよ」


その週が白衣をきた最後になった。

週末から一か月ほど、山間の湯治場に籠った。これがいけなかったのかもしれない。私は益々昔の記憶の中に沈潜していくことになる。それでも最初の頃は、時々正気が戻ってきていたが、数か月後にはほとんど認知症の境地に入っていた。


「あ、華さん。ご飯の支度をして下さいな」

「また、おばあちゃんは。私は聡子です。華さんはお手伝いさんでしょう」

「おや、そうだったかしらね。じゃあ、……さん、ご飯」

「ちょっと前に食べたでしょ。もう少ししたらお昼ですから」

（まったく。この鬼嫁は姑にご飯も食べさせない。文夫がいないとすぐこうだ。文夫が帰ってきたら叱ってもらおう。そっちがその気ならこっちはこの気、勝手に食べますからね）

「あらま、おばあちゃん。ジャーからそのままご飯を食べてしまって。あらま、どうしたんです？　お醤油もこんなに。華さん、華さん、ちょっと来てえ〜」

その後のことはよくわからない。あんなに優しかった文夫がなぜか私を叱った。

（あれもこれも、みんなあの鬼嫁のせいだ。あの嫁が文夫をあんなに怖い子にしてしまったんだ。いつだって私と文夫の二人で生きてきたのに。……いや、そうではない。きっと私に原因があるのだ。プシコ［精神科］の先生に診てもらおうか）


「そうですね。まあ、いわゆる認知症の初期でしょう。どの病型かは今日の検査だけでははっきりしませんが。気長にいきましょうや、先生」

言いにくそうに答えてくれた精神科医は、だがしかし病状について率直に述べてくれた。曲がりなりにもインテリジェンスをもって生業としてきた医師にとって、認知症の宣告は死刑宣告に等しい。医師としては使えないということ。でも私はこの精神科の医師の率直さに感謝した。


「先生。まことに申し上げにくいのですが、お母様はアルツハイマー型の認知症と思われます。先日お見えになった時に、型は不明だが認知症の初期だとだけ申し上げておきました」

「そうですか。お手数をおかけいたしました。こちらでも注意して看てまいりますから、今後とも宜しくお願い申し上げます」

どういう話があったのかは知らない。それから文夫は私をあまり叱らなくなった。

「おばあちゃん、華さんとお留守番お願いしますね」

(聡子が出かけた。いい気なもんだ。いつも家のことほっぽり出して遊び歩いてるんだから。私だってたまには外に出たいのさ。あ、そうか。私も出かければいいんだ。そうだ、デパートでも行ってみよう)

久しぶりの街は楽しく、見るもの見るものがひどく新鮮に映った。

だが楽しい時間もそう長くは続かなかった。

デパートの売り場をブラブラと冷やかして歩いているうち、ふと言い知れぬ恐怖に襲われた。まるで見知らぬ世界がそこには広がっていた。胸が圧し潰されそうに苦しくなり、早鐘のように打つ鼓動とともに汗がどっと噴き出していた。尿意をもよおし化粧室を探したが、なかなか見つからなかった。

階段の踊り場付近にやっと化粧室の表示を見つけた途端、安心して気が緩んだのか、我慢の限界にきていたのか、私はとうとうおもらしをしてしまった。何と言っていいかわからず、ただわんわんと泣き出していた。

私はデパートで迷子になった。

6

警察からの連絡で聡子が迎えに来てくれたのは、その日もかなり遅くなってからだった。

聡子は申し訳なさそうに警察官に何度も何度も頭を下げ、私をもらい受けた。

「おばあちゃん、何か入用なものがあったら仰って下されば、私が買いに出ますのに。恥ずかしいったら。本当に困ってしまいます」

(ああ、そうですか。悪うございましたね。もうどっこも行きゃしませんよ)

どうしてこんなことになったんだろう。

私はただ退屈まぎれにデパートでも眺めて来ようと思っただけなのに。何かしようとすると、皆に迷惑がかかってしまう。生ける屍とはこういう状況のことをいうのではないか。

時折、日によっては比較的頭のスッキリした日がある。いつも頭に架かっている靄のようなものが薄く、あるいは晴れ上がったように感ずる日だ。こういう日には少し今までにやりかけたことを整理したりする。そして何日間かの精神の空白に気づき愕然とするのだ。

今まで私の培ってきた精神活動はいったいどこへ消えていくのだ。

呆けて醜くなった姿を衆目に晒すのか。幾分鈍くなった頭でも、現在の自分の状況を受け入れるには抵抗があった。そんなことがあっていい訳はない。この私が呆けるなんて。

私は常にプライドをもって生きてきた。仕事をしてきた。こんなざまで生きていると言えるのか。この頃では嫁の聡子とお手伝いさんの華さんの名前を取り違えるようになってきた。自分ではそうと気づかず間違った名前で呼んでいる。正直に言えば、本当は名前だけではなく、人物そのものも区別がつかなくなっている。だからどっちが傍に来ても大抵同じ名前で済ましてしまう。家にいることの多い華さんの名前で呼べば間違いが少ないのだ。嫁たちもこの頃は強いて逆らわず、どっちで呼ばれても返事をするようになった。

終抄

日の出前の一時、薄明の時間帯がある。日没の後にも薄明がある。それら日の出前と日没後の薄明の一瞬だけの比較では、薄紫の光の色や量に差はないように感じる。だが、それぞれの薄明の一刻、時間の経過の中に身を置いて比較すると、両者は全く違う。例えば匂いが違う。ざわめきや音の質、量が違う。

朝は牛乳や新聞を配達する軽トラや自転車の音。昔なら、荷台の上でガラスの牛乳瓶のカチャカチャ触れ合う音。竈から立ち上る焚きたてのご飯やみそ汁の香りが微かに漂ってくる感じ。それぞれの家の中でやっと目覚めたばかりのもぞもぞと動き出そうという比較的静かな音や気配。そして何より、次第次第に明るさを増していく光の変化。

夕暮れ時の薄明の中では、退社時間を控え帰社を急ぐ車が増え、下校途中の学童たちの笑い声や叫び声。雑多な音の氾濫。人通りも多く皆せかせかと落ち着きがない。薄暮とも言う如く、次第に暗さと肌寒さを増す。

人生における薄明も同じであろう。乳児から幼児に成長する時期が日の出前の薄明とすれば、老年における時期が日没後の薄明にあたる。

幼児期には前途洋々たる未来が開け、日に日に知性の明るさを増し、日の出と言える青年期に向かって成長を続ける。

青年から壮年期にかけて人生を結実させると、負の成長——退行——を続ける薄明期に入る。

この変化は万物に訪れるが、この時期にジタバタするのは人間だけのような気がする。

世界には鯨や象の墓場と言われる場所があり、老いた飼い猫や鼠がどこかへ姿をくらますのもよく聞く話だ。

(もっとも死んだ鼠は猛禽類や家猫、他の野生の捕食動物の餌になったり共喰いされるものもあるのだろう)

とすれば彼らは従容として死を迎え、野生にあっては、群れの足を引っ張って群れ全体を危険に晒すことのないように群れから離れて死んでいくというのは自然に備わった摂理なのかもしれない。

人間も青年期に次いで老年期の自殺者が多い。青年期の自殺は、破瓜型統合失調症やうつ病、精神の未熟さ、不安定さを反映しているのかもしれないが、老年期の自殺はもちろん初老期うつ病などが原因のこともあろうが、本来動物たちの死期を悟った行動に相当するものなのではないか。

私は決して自殺を肯定する人間ではない。全ての人の生命を少しでも長らえさせることに努力してきた。それが私の職業であったからだ。でも私は、たまに訪れる頭の靄が晴れた日に、能力の半分以上も削がれた頭で結論を出した。


残された家族に迷惑がかからないこと。

残された私の体が醜悪でないこと。

比較的苦痛が少ないこと。

これらを満足する方法があれば、自分の始末は自分でつける。そして、その方法は、私の知識をもってすれば、あるのだ。


文夫さん。

私はあなたの人生の第一の薄明の時期に立ち会えて幸福でしたよ。茫漠たるあなたの精神の混沌に、初めて確かな光をなげかけたのはきっと私だから。

私が人生の第二の薄明の時期に差し掛かった時、私は一人で薄明を生きられなくなる前に自分でけりをつけます。

あなたにもやがて人生の第二の薄明の時期が訪れるでしょう。その時の生き方は私の方法がベストとは思いませんが、あなたらしく、あなたの薄明を生きてください。

春の陽気のポカポカと気持ちの良い朝、私は安らかな寝顔のまま嫁の聡子に発見される。

全く傷もなく、解剖したところで年齢相応の動脈硬化所見の他は何の異常所見も得られない完璧な自然死体として。

文夫にはわかるはずだ。

糖尿病でもない私の枕頭台の上に、真新しいインスリンの空き瓶と使用済みの注射筒、それに文夫に宛てた手紙が置かれてあれば。

が、そこまでだった。

人生とは全く皮肉なもので、頭の靄《もや》の晴れている時に、必死でそこまで考えて準備したのに、あと一歩のところで私の頭の電池が切れた。もはや、論理的な思考はできなくなってしまった。引き出しの中にあるインスリンも注射筒も、見てもなんでそこにあるのかわからない。何に使うのかさえもわからなくなった。

昔、一緒に働いたことのある精神科の医者が言っていた。

「年とったら、呆けて死にたい。だって、呆けた本人は自分の状況を理解できないんだから、全然辛くはないんだよ。周りの人が大変なだけで、本人は桃源郷にいるようなもんさ。癌とか、心臓の不調とか、生活苦とか、あらゆる苦悩から解放されるんだ。そして消えるように死ぬ。本人は幸せなんだよ。たとえ、周りから見てどんなに惨めに思えてもね」

そうかもしれない。変なプライドなんてかなぐり捨てて（完璧に呆けてしまったら勝手になくなる）、子どもたちの負担は育ててやった分の恩返しだ、位に考えて、気楽に桃源郷を楽しめばいいのさ。

私は今、人生の第二の薄明の時を桃源郷に遊ぶ心地で生きている。

夫は毎日顔を見せてくれるし、大学に通う息子もたまには訪ねてくれる。そして二人のお手伝いさんが代わるがわる運んでくれる里芋の煮っ転がしをゆっくり味わっている。

馬橇《ばそり》と少女

初雪の降った朝は目覚めた時にそれと解る。

掛布団の縁《へり》から出た頰を冷やす、ピーンと張り詰めた澄んだ冷気は、昨日まではなかった雪の匂いを孕んでいる。

長靴に足を入れ、外へ出てみる。真冬のしまった雪の時には、踏みしめると、キシキシ、グッグッと鳴き砂を歩く時のような音をたてるが、降り始めの雪はシャーベットを敷き詰めたような感触だ。

シャン、シャン、シャン、シャン……。

馬橇につけた鈴の音が聞こえてくる。

馬橇の荷台には、きまって、襟巻をした女の子が後ろ向きに座っている。女の子の襟巻はいろんな色が混じっていて、それは何かをほどいた毛糸を継ぎ足して編んだからだろう。

馬の手綱を取る、タオルで頰被《ほっかむ》りをした老人は、きっと荷台の女の子の爺様《じさま》だ。馬橇が所々で道の端っこに立ち止まり、爺様が家々の残飯を一斗缶《いっとかん》にあけて荷台に積み込む間、女の子は荷台から垂らした両脚をブラブラさせている。やがて馬橇が動き出すと、下校途中の子どもたちが馬橇の荷台につかまって、地面についた両足をスキー遊びのように滑らせていく。

道路の積雪の上を橇の刃が通った跡は、橇の重みで固く踏み固められて、光沢を放つほどツルツルになり、長靴でもよく滑った。

時々道の真ん中で馬橇が止まる。すると、荷台に張り付いていた子どもたちが一斉に四方へ飛びのく。一瞬の間があって、橇に繫がれた馬のお尻の真ん中から、黄土色のおはぎのような塊がムクムクッと顔を出したかと思うと、ボタボタボタッと雪の地面に落下し、たちまちこんもりとした山を作る。まもなく馬橇は何事もなかったかのように前に進む。黄色い小山は道路に置き去りにされ、やがて雪に覆われ、時々通る車に踏み潰されて、白かった道のその辺りが黄色くなり、馬が消化しきれなかった藁くずもその辺りに散らばっていく。

ドジな僕は、橇の刃の進んだツルツルの軌跡の上に薄っすら積もった雪に足をとられ、馬糞で黄色くなった雪の上に尻餅をついてしまう。僕はズボンから強烈な匂いをさせながらうちへ帰った。

「ただいま」

（ああ、おばあちゃんがいて良かった。お母さんなら叱られるところだ）

「おばあちゃあん」

「まだだが？　コール天のズボンだっきゃ、ばば挟まって、ながながおぢねんだよ」

そう言いながらも、おばあちゃんはにこにこしながらこうも言うのだ。

「馬糞《まぐそ》つければおがるって言うはんで、なんぼおがるべの」

翌日学校から帰ると、家の前に馬橇が止まっていた。

（どしたんだべ）

玄関を開けると頬被《ほっかむ》りの爺様《じさま》と、爺様に手を引かれた女の子がいた。おばあちゃんがにこにこしながら礼を言っていた。爺様もおばあちゃんに向かって頭を下げてから僕のほうを見て、ニッコリ笑って言った。

「どごもいだぐさねがったが？」

厳《いか》つい背中のせいで、てっきり怖い人だと思っていた爺様は、会ってみると、昔よく読んでもらった笠地蔵の話の挿絵のお爺さんにそっくりな皺々《しわしわ》の顔で、優しい目をしていた。

爺様は昨日家に帰ってから、荷台で一部始終を見ていた女の子から僕の転倒の様子を聞き、可哀そうなことをしたと、爺様の家で放し飼いにしている軍鶏《しゃも》の産んだ卵を三つ、届けてくれたのだった。祖母は、僕の転倒など何でもないと笑っていたが、せっかくの厚意だからと、卵はもらうことにしたのだ。

「清。婆《ばば》、あのおなごわらしこさ、襟巻編んでけるはで」

「あ？……」

「おめ、わだ渡してけへ。学校の戻り、橇こ、通るんだべ?」

「なして、我《わ》よ」

「清の友達だんでねのが」

(友達……)

悪童たちは馬橇にぶら下がって遊んでいるくせに、荷台の女の子に向かって、

「くっせー」「おめの家、豚小屋だべ」

などと無神経で意地悪なことを言う。すると、女の子は恥ずかしそうに俯いてしまう。僕は少し悲しくなったが、仲間の手前何も言えないのだ。

数日後、学校が終わると僕は、おばあちゃんが女の子のために編んだ襟巻を持って、ドキドキと、ちょっぴり後ろめたい気持ちを抱えて校門の前で馬橇を待った。

馬橇が目の前に来ると、駅者席《ぎょしゃせき》の爺様が僕に気づき、例の皺々《しわしわ》の顔をもっと皺々にした。

僕は荷台に駆け寄り、女の子におばあちゃんの編んだ襟巻を渡した。それは、ふかふかの真っ赤な毛糸で編まれていて、両端に黄色い花が編み込んであった。襟巻を手渡された女の子の頰はますます赤みを増し、見開いた目は、やがてくしゃくしゃの笑顔に埋もれた。

それを見た僕も、思わず味噌っ歯をむき出して笑っていた。

それから毎日、僕は、学校が終わると馬橇が学校の前を通りかかるのを待ち、やり過ごしてから荷台の後ろ向きの女の子に、馬橇が見えなくなるまで手を振るようになった。おばあちゃんの編ん

だ襟巻をした女の子も、襟巻に負けないくらい真っ赤な頬をして、一生懸命手を振っていた。

いつから馬橇が通らなくなったのだろう。

夏の間は橇が使えないから、雪が積もるとまた馬橇の女の子に逢える、と冬を心待ちにしたものだ。ある年、冬になって雪が積もっても、一向に馬橇は来なかった。残飯などで豚を飼う農家がなくなったのか、車の交通量が増え、馬橇の通行が難しくなったのか、一番可能性が高いのは、爺様がもう馬橇を曳けなくなったということではないだろうか。

そう思って切なくなったが、それは、爺様の身を案じたものか、もうあの後ろ向きの女の子に逢えないと悟ったからだったのか。

とにかく、その冬を境に、僕は馬橇にも女の子にも逢えなくなった。


僕はまた頬に冷たさを感じて目を覚ました。

(初雪が降ったか?)

目を開けると、僕の顔の真上に馬橇の女の子の顔があった。女の子は両手を僕の両頬にあてていた。冷たい手だった。

(どうりで、僕のほっぺが冷たいはずだ)

見覚えのあるおばあちゃんの真っ赤な襟巻きを首に巻き、昔と同じ真っ赤なほっぺをして、真っ白な息を吐く女の子は、不思議そうに僕の目を覗き込んでいた。なぜか僕の体に乗っているはずの彼女の体の重さは感じない。

（やっと会えた）

起き出して、着替えもせずに女の子に手を引かれるまま、馬橇の荷台に乗った。馬橇は街中を巡り、今までに通ったこともない路を進んで行く。不思議なことに寒さは感じない。

女の子の吐く息は白いのに、寝間着の僕は寒くない。

まもなく馬橇は一軒の農家の軒先に止まった。タオルの頬被りの爺様が、中身の入った一斗缶を家畜小屋に運び入れた。

僕も橇を降り、小屋の中に入ってみた。中には二頭の大きな豚と三頭の小さな豚がいた。爺様が餌場の横長の木の樋《とい》に一斗缶の残飯をあけると、豚たちはフゴフゴいいながら残飯を食べ始めた。豚たちが餌を食べ終えるのを見届けると、僕達はまた馬橇の荷台に戻った。

（この子の家はここだったのか）

作業が終わり、空の一斗缶を荷台に積み込んだ爺様が馭者席に乗り込むと、馬橇はまた動き出し、やがて、昔通《かよ》った小学校の前の通りに差しかかった。

終業のチャイムが鳴り、校門を出てきた子ども達の集団が馬橇を見つけて駆け寄ってくる。

その中にみんなから一歩遅れた僕もいた。要領よく橇の荷台に摑まって滑る子ども達に遅れて、覚束ない足取りの僕はと見れば、ステン。

（やっちまった。あれは、あの時の僕だ）

橇の軌跡で滑った僕は、例の黄色い雪の上に尻餅をついた。見ていて泣けてくる。可笑しくて、悔しくて、懐かしくて、泣けてくる。

まもなく馬橇は街で一番大きな病院の前で止まった。女の子は身振りで僕に降りるよう促すと、ちょっと顔を歪めたように見えた。

僕が橇を降りると、女の子は、昔のように僕に手を振った。僕も一生懸命手を振った。

僕と女の子は、馬橇に乗っている間、一言も言葉を交わさなかった。


僕はベッドに寝ていた。頸の前面には呼吸のための管が直立しており、鎖骨の下の静脈には、輸液のための管が繋がっていた。ベッドの周りには僕の娘と息子がいて、あの頃の僕にそっくりな顔をしたあーちゃんがいた。

「おじいちゃんはもう起きないの？」

あーちゃんの言葉で、ベッドの周りにはすすり泣きが漏れた。もう僕の眼は開かない。聴覚だけが研ぎ澄まされる。

（ああ、そうだ。僕は、あの女の子と、あそこに並んで座って、街中を駆け巡ってみたかったんだ。あの頃の馬橇の荷台からは、何が見えたのだろう。子どもの僕には勇気がなくて、女の子の隣に駆け上ることができなかった。あの子にまた逢えるかな）

そう思うと妙に胸が詰まった。と思った途端、枕元の心電図モニターがピーッと耳障りな警告音を発した。末期の切なさを初恋の胸キュンに変えてくれるなんて、神様もなかなか粋じゃないか。僕を呼ぶ声とともに僕の体に取りすがる枕辺の家族は、僕の微笑みには気づかない。そのほうがいい。子どもの頃の馬糞《ばふん》まみれになった自分の姿を思い浮かべて喜んだ、なんて知られたら、カッコ悪いからな。

貉《むじな》、甘いかしょっぱいか

五所川原市の西を南北に流れる岩木川の土手を北へ数km下った所で土手下に降り、田圃の中の道を東北の方角に一km程行くと、道が大きく左手にカーブするところがあり、そのRの頂点の辺りに小さな祠と立派な二本松がある。そこは、車がまだ一般的でなかった昔、薄暗くなってから通ると貉が出る、と言われていた所で、その辺りに差し掛かったら貉に化かされないよう、煙草に火を点けて通るんだよ、と出かけるたびに爺様に言いきかせられていた。

貉が火を嫌うのだか、煙草の煙を嫌うのだかはわからないが、とにかく、煙草に火を点けたら貉除けになるという話だった。

稲刈りはとうに終わり、最も遅いふじ林檎の収穫も終えた日、五所川原の街中まで一杯ひっかけに出かけ、午前様になろうとする頃、家路につくため、呑み屋の暖簾をくぐって外に出ると、夕方からの冷たい湿った空気は霙に変わっていた。

五所川原の呑み屋街は岩木川の土手に程近い所にあり、土手に上がって川下に歩いて行けば家に帰れる。徒歩で小一時間程の距離だが、タクシーや運転代行車を呼ぶのは、懐具合と相談すると気がひけた。河川敷に駐《と》車めてある車はそのまま置いて、また明日取りに来よう。そう思い定めて歩いて帰ることにした。


凍えるような夜気の中を三十分程歩いて、土手から鶴ケ岡集落に向かって下る道に降りた。そのまま十分程歩き、左に大きくカーブする例の場所に近づくと、先客がいるのか、二本松の根方で小さな朱い灯がほーっと明るさを増したり、すーっと暗い色に変わったりを繰り返しているのが見えた。やがて二本松の所まで来ると、朱い灯の主は、果たして煙草を吸う男性だった。

「お寒いですね。何をされてるんですか?」

「さあな」

「貉の話を知ってるんですね?」

「どうしてだ?」

「だって、ここで煙草を吸ってるから」

「吸ってちゃ悪いかい?」

「いや、僕も貉除けに煙草を吸おうと思って」

僕はその男の隣に並んで煙草に火を点けた。

「貉の話ってなんだ?」

「ああ。昔から、この辺りを暗くなってから通りかかると貉に化かされるから、通る時には貉除けに煙草に火を点けろって、爺ちゃんによく言われたんです。だからてっきり……」

「ふ〜ん。貉って何だい? 狸か狐の類かい。それともなんか別の生きもんか、化け物かなんかかい」

「さあ。そういえば貉に逢ったことがある人って、実際に会ったことありませんね」

「当たりめえよお。そんなの、居るわきゃねえよお」

そう言って二人で笑いあった。雪がなければ腰を下ろしてゆっくり話したいところだったが、寒いし、何と言っても、座ったらたちまちお尻がビショビショになる。霙だったものは真夜中を過ぎて雪に変わっていた。

初雪だった。

煙草を一本吸い終わると、挨拶もそこそこに家路を急ぎ、さらに二十分ほど歩いて家に帰りつくと、便所で用を足し、口だけ漱いでそのまま寝床に潜り込んだ。

僕の家は築三百年程の、津軽地方の古い農家の造りを踏襲したもので、さすがに以前は茅葺だった屋根はトタンに替わり、囲炉裏の煙出しのために屋根の天辺に付けられた「はっぽう」も塞がってしまってはいるが、居間にある囲炉裏の傍の横座（その家の主の席と決まっている）に座ると、土間を挟んで正面に、大事な馬がいつでも見えるように馬小屋があり、馬小屋を突っ切ったさらに右奥に便所はあった。

翌朝、馬の鼻面が顔に触れるのを感じて目を覚ますと、僕はどうしたわけか馬小屋の敷き藁の中に丸く蹲《うずくま》るようにして眠っていた。

（便所で用を足した後、確かに自分の部屋の布団に入って寝たつもりだったのになあ）

洗面所で顔を洗い、何気なく玄関脇の窓から外を見ると、薄っすら積もった初雪の上に、門口から玄関に向かって続く足跡が見えた。それは深夜に帰宅した僕がつけた足跡に違いなかったが、そこには、さらに犬の足跡のようなものも混じっていた。その足跡はまるで僕の後について来ているようだった。

振り返ると、外の足跡にはとっくに気づいていた体《てい》の祖母がニヤニヤしながら言った。

「爺様の言ったごと、ほんとだべせ」

何と答えていいかわからず、寝起きの頭をぼりぼり掻きながら仏壇に朝の挨拶に行くと、仏壇の横の襖の上の長押《なげし》に掲げてある写真の爺様までもが笑っているように見えた。

その日は非番だという妻に送ってもらって五所川原に置いてきた車を取りに行く往き帰りに例の二本松のカーブを通ったが、祠の観音開きの格子扉はいつも通り閉じていた。

その夕方、どうにも落ち着かない気持ちになり、夕食もそこそこに外に出て、例の祠を確かめに行った。家から二十分程の距離だが、その日はなぜか一時間近くも歩いた気がしてやっと祠まで辿り着くと、祠の扉は、中が拝める程度に両方が半開きの状態になっていた。

（誰かお参りしたのかな）

僕は常にはなく、祠の前にしゃがんで手を合わせ、目を瞑って頭を垂れた。少しの間そうしてからふと振り返ると、いつのまにそこにいたのか、昨日の男性が立っていた。

「どうしたんだい？」

「ああ、今晩は。何となくです。あのあと家に帰ってから色々変な具合だったもんで」

「変な具合？」

「まあ、酔っ払ってたせいで、部屋で寝たつもりが馬小屋の藁の中で眠っちゃってた、ってことなんですけどね」

「ふ～ん。そんなことはよくあるのかい？」

「いえ、初めてです。それにもう一つ妙なことがあって、朝見てみると、家に帰った時の僕の足跡に混じってまるで僕についてきたような、犬のものみたいな足跡が続いてて……」

「そりゃあ、確かに妙と言えば妙だが、きっとそこらの犬っころがお前さんのあとについてったんだべ。何か美味いもんにでもありつけるんじゃないかと思ってさ」

「そうですよね。別に変じゃないですよね」

男性にそう言われると、大したことではない気がして、安心して家に帰ることにした。

三十分も歩いただろうか。とっくに見えてもいいはずの家が見えない。村の入り口までもなかなか辿り着けないでいると、暗い視界の先に、薄っすら積もった雪の上で揉み合う数人の男達が見えた。

囲まれていた一人の男が倒れ込むと、それを潮に他の男たちは一斉に駆け出して行った。僕は大声を出しながらその場に駆け寄ろうとしたのだが、どうにも足が縺《もつ》れて前に進めない。もがいていたところで妻に肩口を揺さぶられて我に返った。

またしても僕は馬小屋の敷き藁の中で蹲って眠っていた。眠ったまま手足をばたつかせ、訳のわからないことを叫んでいたのだという。

体を起こして一息つき、妻の言葉に従って風呂に入ってさっぱりすることにした。祖母は相変わらず笑って僕のことを見ているが、妻は気味の悪いものでも見るように僕のことを見ていた。風呂から上り、祖母と母と妻にこれまでの経緯を説明すると、祖母はおおよその見当はついていたようで、相変わらずニヤニヤしていた。母が言う。

「その男の人は誰なんだろうね。見たことのある人だったかい?」

「いや、知らない人だった。こんな狭い村なのに顔も知らない人と二晩も続けて同じ所で会うというのも、何だか不思議な気がする」

妻が言った。

「ねえ、その人が貉なんじゃないの？　貉が人の姿に化けて悪戯したのよ、きっと」

ニヤニヤしながら聞いていた祖母が言った。

「貉はそんなにかわいげのある悪戯はさねもんだ。とうとう帰って来ねがった人だってあったんだよ。第一、煙草吸ってらんだべ？　貉に煙草は吸えね。吸えるくらいなら煙草が貉除けになるはずがねえべ」

なるほど理屈だ。そもそも煙草は貉除けのはずだ。なのにあの男性は煙草を吸っていた。

「とうとう帰って来なかった人って？」

それまで笑っていた祖母の顔から笑みが消えた。母が、つと席を立って水屋《みんじゃ》（台所）へ行ってしまった。そして祖母が言った。

「その人、なんの煙草吸ってあった？」

「ああ、珍しくゴールデンバット。まだ売ってたんだ、と思ってしげしげと見たから、酔っててもそれは確かだよ」

水屋でガチャンと瀬戸物の割れる音がした。

「おめのおとちゃんが吸ってた煙草だ」

「えっ？」

僕の父は、僕がまだ小さい頃、初雪の降った日に突然姿が見えなくなったのだという。そして翌年の春先、田圃に積もった雪が消えると、ちょうど二本松の辺りの田の畔《くろ》で発見された。一冬越していたにしては、冷たい雪に埋もれていたせいか、きれいな遺体だったという。選挙を巡って青年部の集まりが紛糾した帰りだった。当時の村の人達は、初雪の後も雪は降ったり溶けたりしたのに遺体が翌年まで誰の目にも触れず、発見された時にはきれいなままだった、というのは尋常ではない、きっと貉に化かされたのだ、と噂したそうだ。

あの日、呑んで遅くなった僕が無事に帰れるよう、父が二本松の所に先回りして煙草を吸って貉を除け、僕を家まで送り届けてくれ、ついてきていた貉も追っ払ってくれたのだ、と祖母は言う。それでは僕の煙草は貉には効かないことにならないか?とも思うが、それは言わないでおく。本当のところは、単に僕が酔っ払って正体をなくして馬小屋で寝てしまったということなんだろうから、貉にとっては濡れ衣であっていい迷惑だ。それにしても、僕が見た男達の諍いと父の失踪とは関係があるのだろうか。今度二本松の祠の所を通る時には、ゴールデンバットをお供えしてこようか。

虹の橋のたもとで

お空のずうっと向こうに、年がら年じゅう虹の橋のかかっている所があります。その虹の橋のたもとのあたりは、ぽかぽかとお日様が気持ち良く、色とりどりのお花がたくさん咲いているさまは、まるでペルシャじゅうたんのようです。時々その虹の橋を渡って来る、人や犬や猫がいました。そこでは人も犬も猫も、みんな仲良く暮らしています。ことばも通じます。実際にことばで会話するというよりも、話したいことを心に浮かべると、それが相手に伝わるのです。だから、虹の橋を渡る前は、はっきりわからないことが多かったお互いの言葉がすんなりと心に入ってくるのです。みんなは、思い思いの相手とお話したり、遊んだり、いろんなことを教わったりして、楽しく過ごします。

虹の橋を渡る前にも楽しいことはたくさんありましたが、同じ位つらいこともありました。お互いの心が全部わからないので苦しくなることもありました。

でも、ここは楽しいことばかりです。人も犬も猫もないのです。それは、ここが魂の世界だからです。


いつもは晴れている虹の橋のたもとに、時々小雨や、どしゃぶりの雨が降ることがあります。そんな時はここの住人の犬や猫たちがうわさ話をします。

「今度はどんな子がくるのかな。年とったひとかな、それとも若い子かな」

「あんまり若い子じゃないほうがいいな。おじいさんでもおばあさんでも、ここにしばらくいたら、いつのまにか若返って、なりたければ赤ちゃんにだってなれるからね」

「そうだね」

「みんなでむかえに行ってみようか」

「そうだね。ここは楽しい所だよ、って教えてあげなくちゃ」

朝から小雨の降りだしたある日、虹の橋のたもとに行ってみると、虹の橋を渡って来る白い子犬の姿が小雨の向こうに見えました。

「あ、小さい子だ」

「どうしたんだろうね」

子犬が橋を渡り切り、みんなのほうに近づくと、一匹が話しかけました。

「ねえ、君の名前は何というの？」

「僕は、しろ」

「どうしてここに来たの？」

「う～ん、よくわからない。ママがいなくなったの」

「それで？」

「ママがいなくなってしばらくして、道の向こうにママが見えたから、急いでママのほうに行こうとしたの。そうしたら……」

その子はそこで急に困ったような顔になりました。

それからその子の目に、涙が見る見るもり上がってきて、クシャクシャになったほっぺたにこぼれました。

「大きな四角いかたまりが、ものすごいいきおいで近づいてきて……ガツーンって。とても痛い、って思ったんだけど……、あとはよくわからない」

「そうか。それはきっとトラックという車だよ。君のような小さい子は高い運転席にいる運転手さんからはよく見えないのさ」

別の子が言いました。

「大丈夫。ここにいると、みんな痛いことやつらいことは忘れて元気になって、そして、楽しくなるから」

「僕、ママのこと忘れるの？」

「う〜ん。どうかな。でも、ママのことは心のどこかにしまわれちゃうことがあるんだ。君が楽しくなれたら新しいママのところに生まれ変わるから大丈夫。それに、新しいママは元のママのこともあるんだ」

先輩の子たちがしろを囲んではげましながら、みんなでお花畑のほうにもどって行きました。

虹の橋の雨がやむころには、しろはすっかり元気になって走り回っているように見えました。

虹の橋のたもとの雨は、どうも、虹の橋を渡ってきた者たちがいなくなったことを悲しむ残された者たちの涙だけではなく、橋を渡ってきた者たちの心の涙でもあったのです。

元気になったはずのしろは、まだうんと小さかったので、みんなと遊んでいる時は少しの間気を紛らわせていることができても、やっぱりお母さんを思い出して、時々お花のかげに隠れて泣いていました。そんな時は、虹の橋のたもとは、しとしと雨が降るのでした。

ある時、今度は虹の橋のたもとはどしゃぶりになっていました。

みんなはまた虹の橋のところに行ってみました。橋の向こうから少し弱ったように見える黒い大人の犬がやって来ました。

真っ先にしろが駆け寄り、ききました。

「お名前は？」

「くろ」

「どうしたの？」

「病気。どんどん痩せてきて、おしっこがたくさん出て、たくさん水を飲むようになって、少しの間とても苦しかったけど、今は楽になったよ。それにしても、ここはすごい雨だね」

くろやしろより少し先輩の大きな犬が教えてあげました。

「これはね、君の飼い主さんが、君のいなくなったことが悲しくて、たくさんたくさん泣いてるから、その涙の分だけ、どしゃぶりが続くの」

「そうかあ、僕の大好きなお母さんは、たくさんたくさん泣いてるのかあ……」

「そう。でもね、雨が晴れるおまじないがあるんだよ」

「どんなの？」

「君がね、人間の母さんの夢に出かけて行って、大丈夫だよ、僕はもう寂しくないし、辛くもないよ、楽しいよって言ってあげるの」

「まだ、そんな気分じゃないいな」

「いいんだよ、ゆっくりで。君の心の準備ができた時で。それに、あんまり早いと、この呪文は効き目がないんだ。人間の母さんにも心の準備ってものがあるから」

「わかった。もう少しして、僕が本当に楽しくなったら、母さんの夢の中へ行ってくる」

それからしばらく、虹の橋のたもとでは、雨が降ったりやんだりが続きました。そのたびに仲間が増えました。

やがてしろやくろが元気になって、橋のたもとのどしゃぶりもすっかり止んだ頃、大事な話し合いがありました。

「そろそろ虹の橋を戻る季節になりました。まだまだここにいたかったら、また次の季節まで待ってもいいんだよ。戻る準備のできた子から戻っていいんだ。それから、ずっとここで元の母さんや父さんや兄ちゃんや姉ちゃんたちが来るまで待っていたい子は待っててもいいんだよ。でも、もう一度向こうで母さんに会いたかったり、もう一度小さいうちに別れちゃった本当のママの子になりたい子は、橋を渡って戻って行けばいいんだ」

すると、いつかの小雨の日に虹の橋を渡ってきたしろは、すぐに手を上げました。

「もう一度ママの子になりたい。ママのところへ帰りたい」

「わかったよ。しろは元のママのところだね。今度は、はぐれちゃだめだよ」

それから何人かが戻ることを決め、何人かは残ることを決めました。

最後にくろがこう言いました。

「僕は生んでくれたママのことはよく知らない。生まれてすぐに、弟と一緒に金ぞくのケージに入れられて、ペットショップの棚に並んでたんだ。そこでお母さんは、僕を見つけるとすぐに僕を抱っこしてくれた。僕にはわかったよ、この人がお母さんだって。だから、また逢える時までずっとここにいる。お母さんがこっちへ来た時怖くないように。怖がらなくていいんだよ、とっても楽しくて、たくさんのお花のいい匂いのするところなんだよって教えてあげるんだ。僕はお母さんのこと、長～く待つかもしれない。でも、我慢できるさ、お母さんの子だから」

それで話し合いは終わりになりました。

しろは、しっぽを振ってクルクルと回りながら跳びはねつつ虹の橋を戻って行きました。ママの子どもに生まれ変わるために。くろは、くろと同じように戻らないで待つことを選んだ子たちや、まだ楽しくなれなくて戻れない子たちと一緒に、元気いっぱいお花畑を走り回っていました。いつかきっとお母さんと会う日を楽しみに。

初出一覧

「真っ白な闇——Death by hanging」
２０１８年「Death by hanging ―私刑―」として文芸社から刊行したものに加筆改稿
「薄明の中で」書き下ろし
「馬橇と少女」２０１６年 第26回ゆきのまち幻想文学賞佳作（福原加壽子名で）
「貉、甘いかしょっぱいか」２０１９年 第29回ゆきのまち幻想文学賞入選
「虹の橋のたもとで」書き下ろし

[著者紹介]
ものの おまち
本名：福原（旧姓・川村）加壽子
1957年生まれ
青森県五所川原市在住
学歴　：獨協医科大学医学部卒
　　　　弘前大学大学院医学研究科博士課程修了
職歴　：医学博士　内科勤務医
　　　　日本内科学会認定総合内科専門医
　　　　日本消化器内視鏡学会認定消化器内視鏡専門医
著書　：『骨の記憶　七三一殺人事件——虚妄の栄光とウイルス兵器』
　　　　福原加壽子名で、2020年、言視舎

装丁……山田英春
編集協力……田中はるか
DTP制作……REN

真っ白な闇——Death by hanging

発行日❖2021年10月31日　初版第1刷

著者
ものの おまち

発行者
杉山尚次

発行所
株式会社言視舎
東京都千代田区富士見2-2-2 〒102-0071
電話03-3234-5997　FAX 03-3234-5957
https://www.s-pn.jp/

印刷・製本
モリモト印刷㈱

ISBN 978-4-86565-213-0　C0093